共和国故事

巨 大 突 破

——中国在亚特兰大奥运会上成绩喜人

李静轩 编写

吉林出版集团股份有限公司

图书在版编目（CIP）数据

巨大突破：中国在亚特兰大奥运会上成绩喜人/李静轩编. —

长春：吉林出版集团股份有限公司，2009.12

（共和国故事）

ISBN 978-7-5463-1903-2

Ⅰ．①巨… Ⅱ．①李… Ⅲ．①纪实文学－中国－当代 Ⅳ．①I25

中国版本图书馆 CIP 数据核字（2009）第 237733 号

巨大突破——中国在亚特兰大奥运会上成绩喜人

JUDA TUPO　　　ZHONGGUO ZAI YATELANDA AOYUNHUI SHANG CHENGJI XIREN

编写　李静轩

责任编辑　祖航　宋巧玲

出版发行　吉林出版集团股份有限公司

印刷　三河市嵩川印刷有限公司

版次　2010 年 1 月第 1 版　　　　2022 年 1 月第 8 次印刷

开本　710mm×1000mm　1/16　　　印张　8　字数　69 千

书号　ISBN 978-7-5463-1903-2　　　定价　29.80 元

社址　吉林省长春市福祉大路 5788 号

电话　0431 - 81629968

电子邮箱　tuzi8818@126.com

前　言

　　自 1949 年 10 月 1 日中华人民共和国成立至今,新中国已走过了 60 年的风雨历程。历史是一面镜子,我们可以从多视角、多侧面对其进行解读。然而有一点是可以肯定的,那就是,半个多世纪以来,在中国共产党的领导下,中国的政治、经济、军事、外交、文化、教育、科技、社会、民生等领域,都发生了深刻的变化,中国人民站起来了,中华民族已屹立于世界民族之林。

　　60 年是短暂的,但这 60 年带给中国的却是极不平凡的。60 年的神州大地经历了沧桑巨变。从开国大典到 60 年国庆盛典,从经济战线上的三大战役到经济总量居世界第三位,从对农业、手工业、资本主义工商业的三大改造到社会主义市场经济体制的基本确立,从宜将剩勇追穷寇到建立了强大的国防军,从废除一切不平等条约到独立自主的和平外交政策,从"双百"方针到体制改革后的文化事业欣欣向荣,从扫除文盲到实施科教兴国战略建设新型国家,从翻身解放到实现小康社会,凡此种种,中国人民在每个领域无不留下发展的足迹,写就不朽的诗篇。

　　60 年的时间在历史的长河中可谓沧海一粟。其间究竟发生了些什么,怎样发生的,过程怎样,结果如何,却非人人都清楚知道的。对此,亲身经历者或可鲜活如昨,但对后来者来说却可能只是一个概念，对某段历史的记忆影像或不存在，或是模糊的。基于此，为了让年轻人，特别是青少年永远铭记共和国这段不朽的历史，我们推出了这套《共和国故事》。

《共和国故事》虽为故事，但却与戏说无关，我们不过是想借助通俗、富于感染力的文字记录这段历史。在丛书的谋篇布局上，我们尽量选取各个时代具有代表性或深具普遍意义的若干事件加以叙述，使其能反映共和国发展的全景和脉络。为了使题目的设置不至于因大而空，我们着眼于每一重大历史事件的缘起、过程、结局、时间、地点、人物等，抓住点滴和些许小事，力求通透。

历史是复杂的，事态的发展因素也是多方面的。由于叙述者的视角、文化构成不同，对事件的认知或有不足，但这不会影响我们对整个历史事件的判断和思考，至于它能否清晰地表达出我们编辑这套书的本意，那只能交给读者去评判了。

这套丛书可谓是一部书写红色记忆的读物，它对于了解共和国的历史、中国共产党的英明领导和中国人民的伟大实践都是不可或缺的。同时，这套丛书又是一套普及性读物，既针对重点阅读人群，也适宜在全民中推广。相信它必将在我国开展的全民阅读活动中发挥大的作用，成为装备中小学图书馆、农家书屋、社区书屋、机关及企事业单位职工图书室、连队图书室等的重点选择对象。

编　者
2010 年 1 月

一、 热身备战

● 国家体委副主任袁伟民在有关会议上透露说："我国为备战亚特兰大奥运会而参加集训的运动员有960人左右。"

● 中国游泳协会负责跳水工作的副秘书长李大正也分析说："从目前世界各队情况看，中国女子跳台没有对手。"

● 中国乒乓球男队主教练蔡振华对记者说，备战奥运会他遇到的第一个难题是人选。

袁伟民谈备战奥运会

1996 年，国家体委副主任袁伟民在有关奥运会的会议上透露说：

我国为备战亚特兰大奥运会而参加集训的运动员有 960 人左右。

在对第二十六届奥运会进行分析时，袁伟民说：

从 1995 年世界大赛的成绩看，金牌和奖牌有进一步向多个国家分化的趋势，但这三强（指美国、法国、俄罗斯——编者注）在其强项上仍保持了强劲的实力，金牌总数上仍领先于其他国家。美国作为竞技体育强国，有实力在奥运会上夺取金牌和奖牌的项目在 15 项以上。特别是在田径和游泳两个基础大项上实力超群。

同时，美国作为第二十六届奥运会的东道主，占有天时、地利、人和的优势，在一些打分项目上有可能继续得到 1984 年奥运会时的好处。

德国合并后成绩一度下降，但随着其秩序

的逐步正常，原西德经济实力与原东德体育科技和大批优秀竞技人才的结合，凭借其在田径、游泳、船艇等项目上的实力，仍可保住第一档次的地位。

俄罗斯此次将单独组队参加奥运会，虽然实力不如苏联和独联体，但仍然继承了苏联的大部分传统强项，如体操、重竞技、射击、田径等，预计也能保持第一集团的位置。

与中国同处第二档次的国家较多。第二十五届奥运会排在金牌第四至第八位的分别是中国、古巴、西班牙、韩国、匈牙利。他们都获得了 10 枚以上的金牌，从二十五届奥运会后的 1993、1994、1995 年三年的世界大赛成绩看，除上述国家外，意大利、法国、澳大利亚、保加利亚等国也都具有夺取 10 枚以上金牌的实力。

第二档次竞争的国家可能有 10 个左右，其特点是都在 6 到 10 个项目上有金牌的竞争力，各有的优势项目不同，比赛的发挥和一到两枚金牌的变化都可能导致最后金牌排位的变化。

从目前情况看，在这几个国家中，意大利、古巴、韩国、保加利亚、法国、澳大利亚等国可能对我国的冲击较大。

袁伟民认为，根据当年世界大赛的情况，我国参加亚特兰大奥运会的形势是十分严峻的，比巴塞罗那奥运会更为艰巨，困难更大。从我国各项目的实力和在那些年世界大赛的表现来看，完成奥运会任务的项目可分为4类情况：

乒乓球、跳水、体操、射击项目是我国的传统优势强项，第二十六届奥运会上每个项目要在保证金牌的基础上取得优异成绩，这是代表团夺取金牌的重点依靠项目，要全力以赴确保。田径、游泳、女子柔道、羽毛球这4个项目中的部分小项，也是我国的优势项目，历史上曾取得过优异的成绩。这4个项目要力争拼金牌，近两年这几个项目有起伏，但从近年成绩上看，形势在朝好的方向转化。羽毛球由于教练班子和运动员队伍两级换代，队伍水平一度下滑。

赛艇、皮划艇、帆板、女垒、举重、击剑、女足、射箭项目在世界大赛中都取得过较好成绩，但大部分没有夺过金牌。除了比赛成绩上反映出的问题外，这些项目还面临着队员老化，尖子选手缺乏，后备力量不足以及训练上技术战术发展创新不够等问题，因此，要实现奥运会金牌的突破必须付出加倍的努力，在训练上有所突破。

袁伟民还指出，除了强调金牌的数量外，还要注重金牌的质量。在三大球项目中，男女篮球、女足、女排已取得了奥运会入场券，女篮是世锦赛亚军，女排是前一年世界杯第三名，女足是世锦赛第四名，这 3 个项目要力争打出水平，在奥运会上取得优异成绩。

最后，袁伟民强调说：

要认清形势，摆正位置，保证重点，挖掘潜力，全力以赴抓好赛前训练，力争圆满完成奥运会任务。

中国跳水队备战奥运

1996 年，中国跳水队总教练徐益明说：

从 80 年代初起，中国跳水开始在技术上领先，摸索出一整套先进训练方法，但这时，还没有在成绩上完全表现出来。1984 年奥运会上中国在 4 块金牌中只拿到一块，1988 年中国和世界"平分秋色"，拿了两块。1992 年，中国获得 3 块。

其实，中国的实力要高于获得的成绩，但跳水是观赏性的项目，裁判的打分有一定的倾向性，也有个人的欣赏习惯。

那些年，中国一些"屈居第二"的选手，例如熊倪本应得到冠军，就是说中国拥有世界最高水平的技术，但却未必能够得到真正的最高水平的分数。

1991 年，徐益明带一批小运动员访问加拿大，人家一看来了一些小孩，便很不高兴，把中国队贬得厉害。

等到比赛的时候，中国队的小孩将对手们都打败了，他们又有点不相信，以为徐益明坐在下面用仪器发信号指挥。

于是，他们专门派了一个裁判坐在徐益明的背后进行"观察"。另外，还特地看看队员的耳朵里有没有东西可以听教练发号施令。

后来，他们什么也没有发现才信服，这些小运动员中，就有后来的世界冠军伏明霞。

对此，徐益明感叹地说："中国得到承认有一个过程，这个过程就是奋斗。"

此时，亚特兰大奥运会来临，当时的中国队可以说正处在历史上的最鼎盛的时代。

徐益明说：

女子项目，与"不可战胜的高敏"时代相比，难度有了提高，但在动作质量上还不好说。男子则比谭良德时代要好一些。亚特兰大，中国队将参加全部4个项目的角逐，按中国队的实力，如发挥理想，有望摘取所有金牌，从在世界上领先的角度分析，女子跳台和女子跳板可能夺金更大，然后才是男子跳台和男子跳板，中国女选手人才济济，夺冠可能在8成以上。跳台有伏明霞、郭晶晶，跳板有谈舒萍、伏明霞，都有"双保险"。男子选手有孙淑伟、肖海亮、余卓成和王天凌，在难度上有世界一流水平。

热身备战

但是，国家队还没有决定谁将出战奥运会，因为中国还有一批极为出色的选手。

例如女队池彬、杨兰、王睿；男队则有刘奔、熊倪、田亮。他们都是在世界大赛上亮过相的好手。

当时世界跳水界，能与中国整体抗衡的国家可以说没有，但各国都有天才运动员。

另外，大批中国跳水老将出国，将中国的技术带出国门，也给中国跳水以考验，给中国夺金以最大威胁的选手，女子首推俄罗斯的拉什科，男子是俄罗斯的萨乌丁。

中国男子跳水第一好手孙淑伟曾与萨乌丁在国际大赛交手4次，3胜1负。前一年，孙淑伟因眼病开刀，而萨乌丁的状态好得出奇。一场比赛，萨乌丁在跳台的6个动作中有4个得了满分。他的起跳、入水都是完美无缺。

徐益明承认，中国选手在技术上还有值得改进的地方，有些外国选手的稳定性有时就比我们要好。由于训练器材的运用，他们的空中转身也比我们要好。而中国队员，在细节上也欠完美，压水花不够漂亮，入水声音不够清脆，有些动作做得匆忙，不够充分。在冬训时，国家跳水队已对此进行攻关。

奥运前，徐益明一再告诫说：

鉴于以往的经验，中国选手要夺冠，第一

是不能有失误，因为一个小小的失误，会扣去很多分。第二是还得有充分的余地。

照现在的"行情"，中国选手得有 70 分以上的优势才有可能最后居第一。

此外，在美国，跳水门票是奥运会最早售空的门票之一。狂热的美国人，会在赛场上制造出怎样的"音响效果"，也是令运动员们不可忽视的一点。

但是，不管怎么说，中国奥运军团有一支"梦幻队"，那就是中国跳水队。

自从 1984 年中国重返奥运大舞台以来，中国跳水健儿从未空手而归过。1984 年洛杉矶奥运会获一枚金牌，1988 年汉城奥运会是两枚金牌，1992 年巴塞罗那奥运会夺得 3 枚金牌，距离包揽全部 4 枚金牌只有一步之遥。

可以说，中国跳水当时在世界上占据相当大的优势。面对即将到来的亚特兰大奥运会，中国游泳协会负责跳水工作的副秘书长李大正也分析说：

从目前世界各队情况看，中国女子跳台没有对手。女子跳板谈舒萍的水平仍属上乘，伏明霞的实力也不弱于谈舒萍，还有新人郭晶晶，可以说，在这个项目上能同我们一争的只有俄罗斯的拉什科和伊莲娜。

男子跳台肖海亮、田亮都有夺冠实力。在

这个项目上同中国选手抗争的有俄罗斯的萨乌丁、德国的海姆和美国的伦奇。男子跳板中国有熊倪和余卓成，他们两人的动作难度堪称世界一流，对手仍然是萨乌丁、海姆和伦奇。

李大正认为，奥运会上中国选手最有可能夺得金牌的项目是女子跳台，其次是女子跳板，第三是男子跳台，最后是男子跳板。中国运动员伏明霞等也赞成这种排列顺序。

而伏明霞则提醒人们要对海姆有足够的重视。她指出，前一年世界杯系列赛，海姆曾有过好几次一个动作得分超过满分的记录。中国选手在比赛中只要有一次失误，积分就很难追上他。女子对手中则以拉什科为最强，拉什科前一年生孩子，一年多没有参加比赛。

后来她重返赛场，表现不凡，徐益明看了她的比赛后说，拉什科当时的状态"已达到她最高水平的80%，以她恢复的速度看，她的训练水平一定非常高"。

为了选拔精兵良将，确保奥运会跳水金牌不落他人之手，中国跳水队当年破天荒地进行了两次奥运选拔赛。

随后，选拔赛中成绩佼佼者伏明霞、谈舒萍、郭晶晶、熊倪、余卓成等随总教练徐益明在济南做最后的备战。

据有关人士讲，中国跳水队之所以选择济南作为备战奥运基地，是因为济南跳水馆同奥运会赛场从空间设施到视野开阔程度都十分相近。

同时，为及早适应亚特兰大比赛的时间，中国跳水队已将训练时间改在下午和晚上，而且常常练到 24 时。

人们期待着中国跳水队的健儿们在本届奥运会上创造一次梦幻奇迹！

热身备战

羽毛球队进行紧急备战

1996 年初，为了确保奥运夺金，中国羽毛球队就进入紧急备战状态。

女双组的训练是以葛菲、顾俊为中心，同时多方搜集吉永雅、张惠玉的动态信息，研究克敌之策。

教练田秉毅为了充分迎接奥运会，不仅特意安排其他队员模仿吉永雅、张惠玉的球路打法，而且每天与葛菲、顾俊进行针对性极强的模拟训练。

田秉毅还与老搭档、总教练李永波亲自披挂上阵，每周陪练三四次。

在年初的日本公开赛女双决赛中，葛菲、顾俊与吉永雅、张惠玉较量了近两小时，才以 2 比 1 险胜。

而那天，葛菲害怕吃多了早饭、打球时肚子不舒服，所以只吃了点面包，结果比赛打得时间太长，到第三局时她的肚子就饿得咕咕叫。

葛菲和顾俊之所以能够如此配合默契，那是因为她们从小一起长大，在同一个环境中摸爬滚打，对彼此的脾气秉性相当了解，因此练起双打，比一般选手更多了一份默契。

当年，年仅 10 岁的葛菲和顾俊先后进入江苏省体校接受羽毛球训练，她们都是以单打为主。

1987 年，为了参加全国体校比赛，教练为了让队员们多一些锻炼机会，将队员们两两组合，既打单打，又兼双打，葛菲和顾俊恰巧被凑在一起。

结果那次比赛，初次配合双打，两个小姑娘就取得了第五名。

此后，其他队员不断更换搭档，而葛菲和顾俊则被固定下来。

后来，进入江苏省队，她们依然是比赛中一对稳定的双打组合。

不过，她们平时训练仍以单打为主，教练只侧重抓她们的双打战术。就是在江苏队，她们的双打形成了以攻为主、快速凶狠的特点。

1993 年底，她们同时被选进国家队，成为专攻双打的选手。在昔日著名的男双选手、此时的女双组主教练田秉毅的精心调教下，葛菲和顾俊真正领悟了双打技术的内涵和真谛，两人水平飞速提升，不到一年，便走进世界顶尖高手的行列。

在省体校和省队训练的那几年，是葛菲和顾俊感觉最艰苦的岁月。

那时，生活和训练条件远远不如今天，她们年纪都很小，又都是父母唯一的掌上明珠，远离家门后，父母帮不上忙，一切都要靠自己。

每天训练筋疲力尽，还得自己动手洗衣服，晚上饿了，还要学着自己煮东西吃。

体校和体工队那时条件简陋，有时训练加课，食堂和浴室都已关门。饥肠辘辘、浑身汗湿的她们不得不自己想办法填饱肚子，再在水龙头前拿凉水凑合洗洗。

宿舍没有空调，南京的天气又是冬天奇冷、夏天酷热。一到盛夏，宿舍就跟蒸笼一般，晚上热得实在睡不着，就干脆睡在阳台上，可阳台上蚊子又太多，咬得人心烦意乱，无法入睡。一个夏天过去，她们身上总是布满蚊叮虫咬的痕迹。

艰苦的环境磨炼了她们的意志，也锻炼了她们的生活能力。正是在南京的这 8 年，为她们日后走向成功奠定了人生坚实的基础。

不知是巧合还是天意，我国羽毛球界多年来几对黄金搭档都是由脾气秉性迥然不同的选手组成的，像男双的李永波和田秉毅，女双的林瑛和关渭贞、葛菲和顾俊都如出一辙。

高挑清秀的葛菲身高 1.70 米，沉静如水，比赛中总是面带微笑，领先也好，落后也罢，都很难让她动容。

身高 1.65 米的顾俊，粗壮结实，泼辣果敢，打起球来总有股狠巴巴的劲头，而且一有情绪波动从她脸上便可一览无余。

由于个性不同，葛菲和顾俊训练之余，也就很少一块活动。她们业余各有各的兴趣爱好，各有各的朋友圈子，也各有各的处事原则。

在羽毛球场上，葛菲和顾俊的两种性格相反相成，

达到了刚柔相济、水乳交融的境界，这使她们取长补短，默契得如同一人。

比赛时变化什么打法，该如何站位、移动，如何处理来球，种种环节根本无须交流，一个眼神、一个手势便足以让同伴心领神会。

沉稳的葛菲主要负责封网，并运用她的冷静，分配组织出变幻莫测的球路；火爆的顾俊侧重后场进攻，凭着她有力的连续跳起劈杀击垮对手。

场上关键时刻，葛菲的冷静总能让容易激动的顾俊及时稳定情绪，而勇猛的顾俊又总能以她如火的激情感染葛菲，让她尽快兴奋起来。

经过 1992 年巴塞罗那奥运会全面失利的挫折阵痛后，1993 年，退役后的年轻的少帅李永波临危受命，从王文教、陈福寿手中接过了正处于整体全面低潮的中国羽毛球队的帅印，担任了羽毛球队副总教练，并着手进行了一次彻头彻尾的改造，组建了年轻化的教练员和运动员班子。

在初期经历了广岛亚运会 7 个项目全部未进决赛后，1995 年，终于迎来了中国羽毛球队重新崛起的号角，在当年历史性首夺象征一个国家羽毛球整体实力的苏迪曼杯。

1996 年奥运会上，中国羽毛球队计划实现金牌"零的突破"。根据队内各单项的实力分析，葛菲、顾俊这对女双成为夺金的重中之重。

　　而唯一能与她们抗衡的只有韩国的吉永雅、张惠玉，两对女双交锋数次，互有输赢，世界上的排名也是第一、第二。

　　本届奥运会上羽毛球男单有实力冲金的高手众多。训练之余，葛菲、顾俊反复观看对手的比赛录像，对她们的跑动、球路等所有技战术细节做到烂熟于心，只要她们一出手，立即就能判断出球的落点。

　　后来的葛菲说："那段日子感觉吉永雅、张惠玉就像影子一样跟着自己，无时不在，无处不在，晚上睡觉一闭上眼还是她们。"

举重队冲金信心十足

1996 年，杨汉雄说："原先，我们对亚特兰大奥运会一点没有想法，但现在有'野心'了。"

中国队在世界锦标赛上，取得了几个令人注目的"第一"。第一次获得团体总分第一；54 公斤级的张祥森和 70 公斤级的占旭刚，两人第一次夺得总成绩的冠军；108 公斤级的崔文华第一次在欧洲人一统天下的大级别中，夺走了抓举的金牌和总成绩的金牌。

由于奥运会只取总成绩，因此，这 3 个级别的胜利，更坚定了中国举重队冲击亚特兰大奥运会的信心。

但是这其中也充满了许多艰险。中国队要想在亚特兰大奥运会上披金戴银，困难多于希望，杨汉雄副总教练承认："喜出望外更需冷静。"

因为，中国队的此番胜利，不是实力的胜利，而是拼出来的胜利，是"捡"来的胜利。

首先，1995 年世界举重锦标赛在中国广州举行，中国队本土作战，占天时地利人和，既没有时差上的不适应，也不存在长途劳顿的影响。其次，世界强队由于种种原因，没有进入最佳状态，失误较多，给中国队以"可乘之机"。

世锦赛不是奥运会，世界各队没有引起足够的重视，

热身备战

在人力、财力上的投入也是少之又少。

土耳其举协主席就是因为本队失利，政府支持不够，表示回国后要引咎辞职。

当然，中国队的胜利，也是与运动员实力上的长进、临场的拼搏分不开的。因为如果就一年前的实力而言，就是外国选手出现失误，冠军也轮不到中国人头上。正是由于中国队成绩大长，在比赛中用夹击战术，并超水平发挥，才将那些多年来在世界举重台上所向披靡的名将，逼到了必须竭尽全力才能获胜的境地。

张祥森赢得54公斤级总成绩金牌，就是因为穆特鲁在挺举最后一举时，要了160.5公斤，企图以此最后一搏，既拿金牌，又破世界纪录。结果，临场心切，导致失误。而他的总成绩是285公斤，与张祥森一样，但是张祥森是因为体重优势轻0.35公斤而登上冠军宝座的。事实上，穆特鲁的最好成绩为290公斤，比张祥森高出5公斤之多。

占旭刚在70公斤级的比赛中，获得了抓举、挺举两个亚军，但两个抓举和挺举的冠军得主因为在另一项比赛中出现失误，才使占旭刚"奖牌升红"。

因此，杨汉雄说："广州之战，中国队是以弱胜强。"

其实，占旭刚的主要对手、土耳其的苏莱曼诺尔古的最好成绩也比他多出2.5公斤。

进入1996年，中国队确定了以张祥森、占旭刚为重点的奥运"突击队"。

中国队确定了战略目标，是以 54、59、64、70 公斤级这4个"小级别"为突破口，突出重点队员的重点训练。

与此同时，针对抓强挺弱的现状，在保持抓举优势的同时，重点突出挺举的训练。

中国队计划在两三年内重返世界强队之列，并期待在 2000 年的奥运会上为中国体育再铸辉煌。

但意想不到的是，刚刚入队一年的年轻选手，不畏强手，敢冲敢拼，战胜了包括世界冠军穆特鲁在内的众多世界名将。仅用一年时间，就完成了两三年的任务。

对于 1996 年亚特兰大奥运会，中国队没有公开自己的金牌目标，他们的策略是一个"拼"字，拼出一个新天地！

热身备战

乒乓球队参加亚洲预选赛

中国乒乓球男队主教练蔡振华对记者说，备战奥运会他遇到的第一个难题是人选。

这道难题的产生是由于我国乒坛人才济济，众多高手的水平非常接近，究竟派谁出征亚特兰大？为此，蔡振华伤透脑筋。

经过前几个月集训和一系列比赛的检验，中国队在人选上的难题终于有了答案。

1996年3月26日，亚特兰大奥运会乒乓球亚洲区男、女单打预选赛在日本千叶举行。

中国参赛男、女选手刘国梁、丁松、秦志戬、刘伟、王楠、乔云萍全都顺利通过第一轮的比赛。这6名中国选手进入了争夺第一至第八名的第二轮比赛。

参加这次亚洲区预选赛的，有14个国家和地区的73名运动员。

根据国际奥委会规定，每个国家和地区只能派出男、女各3名选手参加奥运会乒乓球单打比赛。

其中，依1995年世界乒乓球运动员排名表的次序自动获奥运会参赛资格的男、女优秀运动员各24人，一个国家和地区不得超过两名。

中国、韩国和日本的男、女运动员各有两人获得入

场券；中国台北和香港队各有两名女运动员获得参赛权。

因此，在这次预选赛中，中国、韩国和日本的男、女运动员只能各争一个奥运会参赛名额。

已经自动取得参赛资格的亚洲男运动员有中国的王涛，世界排名第一位；中国的孔令辉，世界排名第二位；韩国的金泽洙，世界排名第五位；韩国的刘南奎，世界排名第十五位；日本的松下浩二，世界排名第三十一位；日本的涩谷浩，世界排名第三十六位。

女选手则有中国的邓亚萍，世界排名第一位；中国的乔红，世界排名第二位；中国香港的齐宝华，世界排名第四位；中国香港的陈丹蕾，世界排名第二十位；中国台北的陈静，世界排名第七位；中国台北的徐竞，世界排名第二十六位；日本的小山智丽，世界排名第九位；日本的佐藤利香，世界排名第三十六位；韩国的朴海晶，世界排名第二十二位；韩国的朴境爱，世界排名第二十九位；新加坡的井浚泓，世界排名第十四位。

随后，第二轮预选赛将在 27 日继续举行，28 日决出最后名次，确定谁取得参加亚特兰大奥运会的资格。

最终，中国男女队的最后一张入场券分别被刘国梁、刘伟获得。

也就是说，如果没有意外，或者入选队员没有突然出现严重伤病等情况，中国队参加奥运会男单比赛的选手应该是孔令辉、王涛、刘国梁，两对男双为王涛和吕林、孔令辉和刘国梁。

决胜的女单队员是邓亚萍、乔红、刘伟，女双为邓亚萍和乔红、刘伟和乔云萍。

当然，眼下距离奥运会报名最后截止期还有一段时间，正式报名人选还可以再推敲，因为中国队还有好几位男女队员通过预选赛也拥有参赛资格。

但是，考虑到双打组合的确定以及技战术训练需要较长时间的磨合，中国队在人选问题上已没有时间再犹豫，早定下来有利于备战工作。

而且，奥运会比赛未设团体项目，主要是单兵作战，基本上不存在人选上出奇兵、迷惑对手的问题。

此后，记者也曾问蔡振华说："奥运会报名人选解决了吧？"

蔡振华笑了笑，没有正面回答，只是一再表示，奥运会比赛强手太多，很不好打。他感到身上压力很重，不亚于前一年迎接世乒赛。

蔡振华说："4月和5月，中国乒乓球队主要是参加一系列比赛，包括乒协杯赛、中国公开赛、世界明星巡回赛等。主力队员通过边比赛边训练，进一步增加实战经验。6月，全队封闭式集训一个月，全力备战奥运会，力争出征之前将每个参赛队员都调整到最佳竞技状态。"

谈到对手情况，蔡振华认为，男单的主要劲敌在欧洲。前不久中国队以最佳阵容出战卡塔尔公开赛，夺得团体冠军，但男单前4名被欧洲选手包揽。连格鲁巴这样的老将都保持着很高水平，稍一松懈就会输给他。

男双方面的对手近况尚不十分清楚，中国队正在搜集有关信息。

　　至于女子项目，中国女队主教练陆元盛和邓亚萍表示，女单的最大劲敌是"海外兵团"，其次是韩国、朝鲜队的强手。他们一致认为，奥运会夺冠的难度要大于世界锦标赛。

热身备战

孔令辉刘国梁备战奥运

1996 年 2 月底，孔令辉和刘国梁到达卡塔尔，参加国际公开赛。

这时，正处在试配阶段的孔令辉和刘国梁，战胜了世界著名双打配对罗斯科夫、费茨纳尔和刘南奎、金泽洙。

这两场比赛的胜利促使在人选问题一直举棋不定的教练组下定决心，舍弃单打有威胁的丁松，让刘国梁参加单打比赛，并与孔令辉配对双打，和王涛、吕林一起确保男双冠军。

这种阵容安排，是因为奥运会规定，乒乓球设男女单双打共 4 枚金牌，每个国家最多只能报男女各 4 名运动员，大多数运动员要兼顾单双两项。

随后，中国男队亚特兰大奥运会前的最后一次封闭训练安排在扬州进行，孔令辉和刘国梁练得非常投入，他们俩憋足了劲要在亚特兰大奥运会双打上立功。

尹霄教练说："如果他们能把各自出色的单打技术在双打比赛中打出一股合力，奥运会上很可能大有文章可看。"

其实，孔令辉和刘国梁是一起被选入中国青年乒乓球队的，他们的友谊极为深厚，也许正是因为这个，他

们才配合得那么默契。

早在 1988 年底，重新组建的中国青年乒乓球队破格选拔了两个年仅 12 岁的小男孩。

刘国梁跨进中国青年队大门的第一天，就在日记里写下了自己的理想：

夺世界冠军、夺奥运冠军，为祖国争光！

1991 年，15 岁的刘国梁又破格晋升国家队。教练让天资聪明的他改变打法，背面反贴胶皮，初次尝试"直拍横打"技术。

经过他反复的琢磨、训练，终于在 1992 年成都国际乒乓球公开赛上大显身手，连克金泽洙、瓦尔德内尔等世界名将。他以新颖、独特的"直拍横打"赢得了世人的关注。

接着他又获第四十二届世乒赛团体亚军、第四十三届世乒赛男团冠军和男单亚军。

刘国梁右手直握球拍。当一直坚持"百花齐放，百家争鸣"方针的中国乒协极力倡导技术创新时，教练让他采用"直拍横打"的新技术，使刘国梁在 1992 年的中国公开赛上战胜了当时世界乒坛的第一号人物瓦尔德内尔，凭此战绩，他入选第四十二届世乒赛中国队团体赛阵容。

孔令辉后来居上，1994 年的秋天他接连拿了 5 个亚洲冠军，1995 年拿了 3 个世界冠军。

对这对好朋友来说，1995 年第四十三届世乒赛男单决赛，使他们的友谊经历了一次考验。

两个人年轻气盛都想夺冠军，又都不忍心看到朋友遭受挫折。经过尹霄教练的一番开导，这对好朋友进行了真刀真枪的较量。

孔令辉最后取得了胜利，他既为自己的胜利高兴，又为好朋友的失败难受。

刘国梁主动向孔令辉表示祝贺，两个人都说："这场比赛太残酷了！"两个好朋友多想有一天能并肩站在冠军领奖台上啊！

当中国男队酝酿奥运会参赛选手时，8 年来一直同住一个房间的孔令辉和刘国梁产生了配对打双打的强烈愿望。

这次在参加 1996 年亚特兰大的奥运会时，他们终于如愿以偿。

邓亚萍备战奥运会

1996 年 7 月 3 日，"白丽杯"迎奥运乒乓球热身赛，在上海静安体育馆落下帷幕。

这次热身赛是中国乒乓球队出征亚特兰大之前，最后一次"模拟考试"的比赛。

这次热身赛争夺异常激烈，结果奥运选手孔令辉、邓亚萍分别以 2 比 0 战胜对手获得男、女单打冠军，亚军分别为陈卫星、乔红。男双冠军为孔令辉和刘国梁，女双冠军为刘伟和乔云萍。

这次"模拟考试"热身赛，是从 7 月 1 日下午开始进行的。比赛按照亚特兰大奥运会乒乓球比赛的模式，设男、女单打和双打 4 个项目。

8 名奥运选手孔令辉、王涛、刘国梁、吕林、邓亚萍、乔红、刘伟、乔云萍和另外 24 名国手参加了这次热身赛。在这次热身赛中，也有一些奥运选手被拉下马。

其实，早在 1996 年 4 月，中国乒乓球队就开始了迎接奥运的热身赛。

17 日，邓亚萍刚从赛场下来，记者便盯上她，问她 1996 年的奋斗目标。

她则一边擦汗一边说："目标是再夺奥运金牌。"

当年 23 岁的邓亚萍曾夺取第四十一届、第四十三届世乒赛和巴塞罗那奥运会乒乓球赛女单冠军。

她说："今年是奥运年，奥运金牌分量更重，现在我们正在抓紧时间备战奥运会。这次 96 中国乒协杯赛就是一次奥运会前的热身赛，虽然进入最后阶段比赛的选手都是老队友、老对手，但比赛是动真格的。我把每一场比赛都当做一次练兵，加以认真对待。下个月在西安举行的国际乒乓球邀请赛也是一次奥运会前的练兵机会。"

邓亚萍说的是心里话，她正朝这个方向努力。这次乒协杯赛，她一到漳州就走进训练馆练球，直到晚上近 21 时才最后一个到餐厅吃饭。

当记者问到世界大赛主要对手的情况时，邓亚萍说："陈静、齐宝华和小山智丽等是我们的主要对手。她们是从中国走出去的，我们也熟悉她们的打法。现在，我们正实施中国乒乓球女队总教练陆元盛的备战计划，力争在亚特兰大奥运会上打败对手，拿到金牌。"

二、 赛场博击

● 担任跳马裁判的李宁谈起李小双时说："我一见到他，就想起当年我参加比赛时的往事。"

● 在距离终点大约 30 米的地方，王军霞高高地举起了双手，微笑着第一个撞开了终点线，她的成绩是 14 分 59 秒 88。

● 在 1996 年亚特兰大奥运会上，身为国际奥委会主席的萨马兰奇亲自为获得乒乓球女单冠军的邓亚萍颁发了金牌，而他轻抚邓亚萍面颊的一幕也成为很多人眼中的经典一幕。

刘玉栋出任中国旗手

1996 年 7 月 19 日，在美国的亚特兰大主会场，举行第二十六届奥林匹克运动会开幕式。

在亚特兰大奥运会的运动员入场仪式上，我国篮球选手刘玉栋担任了旗手。

刘玉栋出生于 1970 年，身高两米。刘玉栋长相清秀又不乏野性，身材更是高大魁梧，他在球场上兢兢业业，曾是中国男篮的支柱型球员。

刘玉栋曾经连续在开幕式上担任过旗手。在 1996 年担当奥运旗手前，刘玉栋就已经是一名经验丰富的老旗手了。

面对这样的至高荣誉，刘玉栋说："每次想到这件事，我都在心里偷偷乐。作为一名运动员，能参加奥运会就已经很幸运了，而我不但能参加奥运会，还能代表中国代表团举着国旗第一个走进会场，这是多么高的荣耀呀！"

刘玉栋在说起自己担任旗手的事时，脸上始终带着笑容，有着一种陷入美好回忆的幸福感。

他后来回忆说：

我第一次举旗是在中国举行的远东运动会

上，上场前很紧张，紧张过了头，以至于真正上场时倒不知道什么是紧张了。

从那之后，刘玉栋就经常在大型运动会上担任旗手。仿佛成了习惯，每次选旗手，大家都会很自然地想到刘玉栋。渐渐地，刘玉栋自己也习惯了。

然而，1996年第一次当选奥运旗手对刘玉栋来说仍然是个极大的惊喜。后来，刘玉栋介绍自己光荣入选时的情景，就像孩子般兴奋。

他说："其实当时已经确定就在篮球队里产生旗手了，于是大家开始举手选人。教练叫所有队员站起来，像选模特一样一个一个挑。一看，他不行！他也不行！都不行……刘玉栋！领导一看，还不错。好！举手投票。大家都举了，通过！我就选上了。"

为什么能够蝉联奥运旗手一职，刘玉栋自己也感到很纳闷，篮球队里每一个人的条件都差不多，高大俊朗的外形几乎是每一名篮球队员都拥有的优势，可是幸运之神偏偏选择了刘玉栋。

对此，刘玉栋半开玩笑地说："我的朋友也老跟我开玩笑，问我说：'怎么老是你呀?!'其实我也不知道呀！可能是我穿西装的样子比较帅吧！"

随后，刘玉栋还是很认真地解释说："奥运旗手毕竟是一个国家的代表，形象好是必要的，还应该比较庄重威严，大家都知道我不爱笑，很严肃，也许这也是让我当旗手的其中一个原因吧。并且作为军人，可能本身就比较符合旗手的身份。"

由于曾多次担任旗手，刘玉栋已经积累了丰富的经验，即使在奥运会上举旗也是自然大方。

刘玉栋说："没有特别紧张，毕竟是老旗手了。但是奥运会是全球性的大型运动会，影响很大，除了会场里成千上万的人在盯着我，电视机前也会有很多观众在关注，万一出了什么差错就麻烦了，因此多少有点紧张，所以举完旗之后，我立刻感觉一身轻松，如释重负。"

每一次家人和朋友都是通过媒体的报道得知刘玉栋担任奥运旗手的消息，并收看电视转播。

奥运会结束回到家里，家人也都会一起谈论刘玉栋在奥运会上的表现，自然也包括举旗带领中国队进入会场时的光荣场景，赞扬他的飒爽英姿是肯定的，然而，说起唯一的不足，家人和朋友都觉得刘玉栋过于严肃，没有笑容。

刘玉栋自己也意识到旗手应该是略带微笑的，但是他就是一个爱保持严肃表情的人。

他说："我平时就是一个不爱笑的人，实在笑不出来，我想我给大家的印象应该是很朴素、很严肃的吧。"

刘玉栋曾获得过无数的荣誉，而"奥运旗手"的荣誉被列在"顶级荣誉"的行列。

他说："我当过党的十六大代表，全国篮球界就我一个人，我还立过一等功，这些都是至高无上的光荣，而奥运旗手是和它们一样至高无上的……老的时候回忆起来，我仍然可以很自豪，我年轻的时候曾经当过奥运旗手。"

在这次亚特兰大奥运会中，中国派出由 495 人组成的体育代表团，运动员 309 人，其中女运动员 199 人，运动员人数居各国和地区体育代表团的第十二位。

中国代表团是以年轻选手、新选手为主组成的，运动员平均年龄 21.7 岁，其中 85% 的运动员是第一次参加奥运会。

中国运动员将参加本届奥运会 26 个大项中 22 个大项 153 个小项的比赛。

赛场搏击

杨凌夺得移动靶金牌

1996 年 7 月 10 日，出征亚特兰大第二十六届奥运会的中国射击队，抵达比赛地点。

参加移动靶射击的选手杨凌的感觉不大好。七八平方米的一间运动员宿舍住进了两个人，床挨床，如同睡在火车卧铺里。而在开饭时，他端着盘子却永远找不到能引起食欲的中餐。

这些倒能克服，最要命的是，感冒在这万不能出偏差的时候袭来，杨凌出现连续不止的咳嗽。

射击，被称为精确运动。在击发的瞬间，呼吸和心脏的跳动都会对准确度产生影响。

所以，像杨凌这样的移动靶射手，不管天气多热，训练和比赛时也都要穿上线衣毛衣，外面还要套上皮制射击服，以减弱心跳、呼吸的影响。

而此时，杨凌的咳嗽一旦出现在比赛时，是会影响到射击的精确度的。

另一个"劫难"是谁也没想到的，杨凌用的枪鬼使神差地超重了。

国际射联规定，移动靶比赛的用枪，重量必须在 5500 克以下。

杨凌那支枪原本是符合这一规定的，可到亚特兰大后，由于这里高温高湿的环境，那杆枪可能吸足了空气中的水分，竟比规定重了 25 克之多。

在十万火急之下，教练只好把他的木枪托锯下了一小片，扳机处的护圈框也被掏空变成细细的钢棍儿。

这一锯一掏，杨凌觉得整个枪的重心都发生了很大变化，原来是左手偏后，此时却成了左手偏前。而且，护圈框被掏空，他总感到食指扣扳机时没着没落，极不舒服。

此外，中国射击队这次出师不利。杨凌后来回忆说：

那时我浑身一点力气也没有。病刚好了一点，7 月 20 日，传来王义夫痛失金牌的消息，全队上下产生了一种无形的巨大压力。

紧接着，7 月 23 日，我们有可能拿到金牌的两个项目，也没有实现愿望。连续 5 天不见金，真是急死人。

连王义夫都没拿下金牌，我还能行吗？我心里直犯嘀咕，本来很强的自信心，现在也感到没了底。

7 月 25 日上午，杨凌在各种压力下，站到了亚特兰大奥运会 10 米移动靶预赛的靶位上。

来自世界各国的 19 名移动靶射手，也站到了自己的靶位上。他们都是从 1994 年到 1995 年两年间的世界大赛和洲锦标赛上拼杀出来的，有几位更是成名已久的此道高手。

恶战在即，杨凌一如往常，浑身轻松，甚至显得漫不经心，这是心理和身体的最佳状态，是靠 10 年之功来把握的。此时，连咳嗽好像都让他吓跑了。

移动靶射击也称"跑猪"，分 50 米和 10 米两种。从 1992 年第二十五届奥运会开始，只设 10 米移动靶比赛，原来的靶纸上印有单色跑猪图像，如今只印有两个 10 环的环靶。

10 环的直径为 5.5 毫米，可以比喻为一粒黄豆的大小，两靶圆心相距 14 厘米，中间另印有直径 15.5 毫米的辅助瞄准点。靶在滑车上靠电机牵引，左行打右靶，右行打左靶。

预赛共 60 发子弹。前 30 发为慢射，靶纸运动较慢，给射手 5 秒射击时间；后 30 发为速射，靶纸运动快，给射手 2.5 秒射击时间。

以 60 发子弹排出名次，决赛时加射 10 发快速，预决赛环数相加，最终排定项目优胜。

杨凌稳稳当当、极有信心地站在了自己的靶位上。他的自信来自知彼，参加这场射击的 20 人中，有 7 人是没有实力同他抗争的。

但是，他也知道，包括他自己在内，共有 13 人实力在 580 环以上，其中俄罗斯、德国、匈牙利、捷克和中国各两人，危地马拉、芬兰和意大利各一人。

最大的威胁来自俄罗斯的德米特里，此人最好成绩是 585 环。

而杨凌的自信也来自知己，他训练的最好成绩是 592 环，比赛最好成绩是 586 环。

杨凌知道，自己面对的是世界高手，但他对这些成名已久的高手已经看准了：他们水平固然很高，比赛经验也很多，成绩掉下来是不容易的，但要他们冲破极限也难，早已没有了锐气。而他杨凌，却依然"冲劲"十足。

30 发慢速赛，杨凌打了 294 环，俄罗斯选手德米特里成绩更高，竟达到 298 环。

杨凌心想，别看那人慢速打得好，但到了最见真功夫的快速赛时，他多半不是自己的对手。

果然，俄罗斯选手一上速射便大失水准，30 发只打出 283 环。

而杨凌却打出了 291 环，这样，杨凌以超过第二名 4 环的成绩进入决赛。

第二天，决赛打响了。这是只有 10 发子弹速射的最终决战。

这 10 枪快速射击，靶子在 2 米宽的"开阔地"出现并向前移动，2.5 秒后消失。

要打这稍纵即逝且只有黄豆粒大小的靶心，决战时刻，关键是谁更稳。稳得住自己的人，才能稳得住枪，才能赛出自己的高水平。

德米特里绝非等闲之辈，预赛他比杨凌少了 4 环，并不等于他在技艺上比杨凌差多少。

决赛是他最后的机会。决赛 10 枪要计小数点，那么 10 枪之内追回 4 环就并非痴心妄想。他德米特里是不会善罢甘休的。

第一枪，杨凌 10.0 环，德米特里 10.2 环。

第二枪，杨凌 9.4 环，德米特里 9.6 环。

第三枪，杨凌 10.3 环，德米特里 10.7 环。德米特里大喜过望，3 枪已追上 0.8 环。这种追法，这种追的速度，会给领先者极大的心理压力。

对于这种现象，有许多名将被追得心神不定，最后功败垂成。

更何况，每打一枪，观众席上都是一片喝彩声。这声音，德米特里隔着耳塞也能听到。他似乎早有准备，塞上耳塞，还挡上眼睛左右余光，尽可能不被观众的喧闹干扰。

但是，对于喧哗声，杨凌并不介意，他不戴耳塞，不挡眼睛，他不怕这一切。杨凌对观众喧闹的干扰不加防范，是因为他已不用防范。处变不惊，是杨凌欣赏的，也是杨凌追求的。

第四枪，杨凌打出 10.3 环，转守为攻；德米特里 7.9 环，乐极生悲。

第五枪，杨凌的成绩是 10.0 环；德米特里打出 8.2 环，方寸已乱。

只这两枪，孰强孰弱已立判分晓。大敌当前，只能凝神相搏，岂容心有旁骛！

5 枪战完以后，形势逆转。德米特里已不可能再追上杨凌了，倒是杨凌手中的枪，越杀越勇。

最后 5 枪，杨凌连连打出好成绩，德米特里窘态屡现。杨凌的成绩分别是 10.4、10.2、10.2、9.4、10.7；德米特里则打出的是 10.7、8.8、9.9、9.6、10.1。

最终，杨凌以 685.8 环的总成绩，摘取 10 米移动靶金牌，同时打破奥运会纪录。

其实，杨凌的射击天分很晚才被发现。1986 年 8 月的一天，北京崇文区二体校的射击教练景晨光到朝阳区劲松一中挑苗子，慧眼一扫之际，杨凌从人头攒动的学生堆中进入他的视线。

这孩子的神情身板、举手投足与他带过的一个爱徒酷似。于是那么千里挑一、万里挑一，说复杂就复杂，说简单也简单，就凭着教练的这么一种似曾相识的感觉，这么一种专项职业的直觉，14 岁的杨凌被招收到体校"试着练练"。

射击比赛要求选手的躯干、双臂乃至心理要有极高的自控力和稳定性，从小好静似乎才是正道，杨凌却恰恰相反。

杨凌小的时候，父母差一点认为他患有"多动症"，还曾去医院求医问药。

在小学课堂上，老师上面讲他在下面玩，看画册啦，玩橡皮泥啦。45分钟一节课，他能规规矩矩听上10分钟就算不错。

老师管教无效只好请家长，杨凌的家长在班里算是经常被请的。

在家里他更静不下来，别人把羽毛球打到房顶上去了，爬上去拣球的一准是他。邻居老太太也总会大喊杨凌的父母："看你们家孩子又上房啦！"

让父母最终放下心来，是有一次电视里播放"孙悟空三打白骨精"，小杨凌稳稳当当坐在那里不眨眼地看，叫他、推他、拉他，甚至掐他，他都死盯着屏幕一动不动。

对此，妈妈说："谁说咱们家孩子有多动症，我看不是。"这一特点的发现，有让母亲乐的时候，也有让母亲伤心的时候。

然而，杨凌的专注也有让妈妈伤心的时候。

在北京射击队时，有一次母亲到队里看儿子。谁知沉湎于训练的杨凌竟两个小时一直没有回过头来，也就一直不知道母亲在身后悄悄地看他训练，不知道母亲后来噙着泪水离开。

熟悉杨凌的人都知道，1996年亚特兰大奥运会之后，杨凌一度步入低谷，次年的八运会竟然未进决赛，此后两年间从未在国际比赛中拿过金牌。

杨凌承认，上届奥运会后，自己的状态一直不好，队里的领导、教练、队医，还有心理指导老师，都给了

自己很大帮助，一直鼓励，给了自己很大信心。

杨凌说："金牌的味道是酸甜苦辣咸，五味俱全。"他承认，是清华大学一位教授送他的4句话，让他如拨云见日，受益终生。

后来，杨凌说："既然是比赛嘛，总不能每次都自己得冠军。此后打枪，我不光凭冲劲。经过4年磨砺，我渐渐学会控制自己。这是成熟的表现。"

接着，杨凌又说："射击运动的最高境界，就是自己能控制自己。即便拿到冠军后，也能什么都不多想，继续完全投入，这才能真正不受干扰。"

孙福明勇夺柔道冠军

1996 年 7 月 20 日下午，在亚特兰大柔道馆，举行第二十六届奥运会女子柔道 72 公斤级以上的比赛。

8 时 30 分，女子柔道 72 公斤级以上比赛开始。我国选手孙福明第一场轮空。

第二场比赛，孙福明开始打第一场比赛。第一场，她对英国选手，这位选手身体特别小。

后来，孙福明对记者介绍了比赛时的过程，她说：

对手身体特别小，瞅着也就 80 多公斤吧。那天我临上场之前，我还想跟教练说，我说她那小体重，赢得肯定很轻松。

我们教练说你先别说，因为你是第一场比赛，肯定要紧张，你别太轻敌，你一定得考虑战术什么的，你也不能说她比你小你就赢得顺利的，也不见得。

但是到比的时候，正应验了我们教练的话，摔来摔去怎么摔她也不得分，而且起立吧，她这个人特别黏，你翻她吧，还翻不过，一翻她，她就接你腿，反正在头一场一分没得。

后来，是利用咱们的一个消极方法给赢了，

所以很费劲，第一场很费劲，都打得不紧张，
她也不紧张，我也不紧张，刚好她第一场输了，
所以有可能在动作上、思想上还放不开。

第二场比赛，孙福明因为第一场特别费劲，第二场对德国的选手，感觉动作也有了，力量速度都出来了，虽然都打满场，但一直是在孙福明先赢分的情况下。

对方始终在进攻孙福明，虽然孙福明是防守，但孙福明是防中带攻，所以又赢下来这一场比赛。

上午这两场就算结束了。中间还有午休，大概两个多小时。

然后，队医就领着孙福明到一个小棚子里。比赛场有一个一个的棚子，是准备给受伤队员临时治疗用的。但是，在那的工作人员也不愿意让你待时间过长。

中国队的队医让孙福明在那里面睡一觉，同时教那个人做中国的按摩。在这期间，孙福明不知不觉就睡着了。

后来，据孙福明回忆说："我感觉到做梦回家玩去了，后来快到时间了，我们教练就喊我起来了，说快快起来，准备活动了。但就在我睡觉的时候，我们市长、院长，还有体委主任，我们教练都在周围，站了一个圈子，害怕别人进来打扰我，他们也觉得这个级别很有希望，到时间时我们教练就把我叫醒了，让我起来跟他做准备活动。"

赛场搏击

在做准备活动时，由于没有陪练，孙福明的教练就充当了陪练。

对此，孙福明也是记忆犹新，她回忆说：

> 都是将近50岁的人了，让我一顿摔，那时心里感觉挺不好意思，挺过意不去的，终归他是培养你的教练，而那个时候也不可能带陪练去，所以只好自己教练陪自己队员活动，所以那时候也挺难过的。

到第三场比赛的时候，孙福明是跟俄罗斯的一个选手比赛。这个人力气也非常大，她做动作的时候好像把孙福明的腿踢了一下，孙福明感觉疼了一下，当时在场上就紧张了。

孙福明后来回忆说：

> 我的天哪，就觉得可能受伤了，那时候我就想一定得坚持住，已经赢了分的，我告诉自己一定要坚持住，因为我还有下一场比赛。

最终，孙福明连胜4局，进入了决赛。这4个人都是同一个动作赢下来的。

随后，这中间孙福明在场外棚里面睡了一觉，休息了一会儿。

关于决赛对手，孙福明以前跟她打过比赛，那还是1995年年底时，在日本福冈打过一次。那次比赛孙福明输给了对手。所以，对手似乎在那时，也没有把孙福明放在眼里。

当孙福明回来之后，教练便决定进行针对性的训练，针对这个古巴选手什么动作，怎么进行防守，还有怎么攻，都进行了系统的训练。

因此，在这次比赛，孙福明有了心理准备。

下午，由于美国和中国的时差是12个小时，此时也就是北京时间凌晨4时，开始决赛。

上场之前，教练叮嘱孙福明说："在前两轮可能不大有什么优势。"

孙福明后来回忆说：

> 那个时候，对手的实力非常强大，我们在两个区，我在A区，她是B区，她赢对手是很有优势的，顺利赢下来的，但是我打我这边的选手都是很费劲满场才赢下来的。
>
> 她特别有实力，她在两分钟之内摔我，我根本一点作用都没有。动作在她身上没有反应，而且她对我的威胁特别大，她这个动作在我身上就感觉圆顶圆那种，感觉特别危险。
>
> 但是，到了后两场她也没什么信心了，因为一开始干摔我也没有什么效果，但这个时候

我就抓住一个机会，我用上了一个得分动作，我得了一个分。

到后来剩一分多一点，她这个人几乎一点信心都没有，所以就硬上，我在场上把我的那些技战术发挥出来了，所以最后取得了胜利。

但那时候虽然说我知道我赢了，马上就快到点，但是这个钟没响的时候，我也不敢肯定我是冠军。

所以那时候也挺害怕，但是那个钟一敲响，瞬间我感觉我是冠军了，一撒手那时候我才是真正的冠军。

在这胜利的一瞬间，孙福明感到自己成了第一名，其他的一切想法都没有了。

到后来，她感到自己跟做梦似的，感觉冠军的名誉有点不现实，怀疑自己在做梦。

孙福明说："我是不是在做梦啊，我得了第一？"

其他人便说："对呀！你是第一了。"

孙福明后来说："就感觉挺有意思的，但过了几天之后，那才真正感觉放下心来。"

比赛结束之后，很多人跑上来，当时有个记者第一个对孙福明说："你知道你现在成冠军了吗？"

这句话让孙福明不知道从哪儿说起，她只是用笑来代替回答。

至此，在女子柔道72公斤以上级决赛中，孙福明以猛虎下山之势制服了古巴"女巨人"罗德里格斯，以4场一分未失的绝佳战绩夺得金牌。她将中国代表团在本届奥运会中取得的第一枚金牌挂在了胸前。

　　对于比赛，孙福明事后说："有了按照赛前教练员布置的技战术，而且在场下教练员一个劲指挥……按照教练的指挥，我在场上临场发挥，一点一点地打，这么就给拿下来了。"

乐靖宜夺得自由泳金牌

1996 年 7 月 20 日，在佐治亚理工学院水上运动中心，揭开亚特兰大第二十六届奥运会女子 100 米自由泳预决赛的帷幕。

在第二十五届巴塞罗那奥运会泳池，中国队员曾奋力拼得 4 枚金牌，显示出了中国游泳已获长足进步。4 年后的今天，乐靖宜还要用实力和成绩，再次证明中国在游泳方面的实力。

为此，乐靖宜上午就在为预赛做最后的准备。她在泳池一端，看到其他泳道的对手，这其中有美国的马蒂诺和德国的沃尔克等一批强手。

教练周明向乐靖宜提出要求，预赛开始就必须尽全力。因为马蒂诺和沃尔克肯定要在第一回合力争上风，咱们在心理上也要先胜人一筹。

上午，女子 100 米自由泳预赛开始。发令枪一响，乐靖宜一头扎入泳池，众人激起几道白色的波浪。击水、换气、触壁、翻转……第一个游到终点的是乐靖宜，用时 54 秒 90，取得了决赛第四泳道的有利位置。

但是，中国游泳队出师并不利。3 名主将意外遭淘汰，而为中国游泳实现金牌目标的重任，压在了乐靖宜一个人身上。

决赛开始前，几乎全场都是星条旗，美国观众的喊声震天动地。

　　晚上，参加女子 100 米自由泳决赛的 8 名选手，一字排开站在池边。

　　乐靖宜低头看了看绣在泳衣胸前鲜红的"中国"二字，双手叉腰深深地吸了几口气，在预备声响后，登上出发台。

　　发令枪响，乐靖宜如脱弦之箭跳向池中，她从起跳到出水仅用时 2 秒 4。一出水面，乐靖宜已占了微弱的优势。

　　不过，在乐靖宜左、右两旁水道的德国名将沃尔克和美国冠军马蒂诺，紧紧咬着乐靖宜不放松，而沃尔克几乎与乐靖宜齐头打水并进。

　　到 50 米时，乐靖宜与沃尔克分别用时 28 秒 26、28 秒 32，乐靖宜仅领先 0.06 秒。

　　随即，只见乐靖宜一个滚翻转身蹬壁，动作协调而有力，又与沃尔克拉开了少许距离。

　　此时，在美国人疯狂的呐喊助威声中，马蒂诺也在奋力追赶。

　　同时，中国观众也在有节奏地喊着："乐靖宜、乐靖宜！"

　　池中第四泳道水花飞溅，乐靖宜的划水频率也越来越快，乐靖宜以 54 秒 50 的速度，又是第一个触壁，打破该项目 54 秒 51 的奥运会纪录。

德国的沃尔克54秒88第二个冲到终点，美国的马蒂诺54秒93获得了铜牌。前三名选手用时之差仅为0.38和0.05秒。

此时，乐靖宜仔细看着对面的计时牌，最终确认自己拿了冠军。随后，乐靖宜出水。她喜极而泣，用毛巾掩面抽泣起来。

现在她登上了奥运会的最高领奖台，又怎么会不为之欣喜而泣呢！

唐灵生勇夺举重冠军

1996 年 7 月 21 日下午，在美国亚特兰大奥运会举重馆，举行第二十六届奥运会 59 公斤级决赛。

参加 59 公斤级比赛的选手有，上届奥运冠军、韩国的全炳宽，希腊名将萨巴尼斯，世界纪录保持者、保加利亚的佩沙洛夫，中国选手唐灵生。

唐灵生在 1995 年 11 月份的世界锦标赛上，曾获得过挺举第一名，但他的世界总成绩却排名第五，而奥运会就是以总成绩论输赢。

在抓举比赛中唐灵生开把 130 公斤，随后是 135 公斤、137.5 公斤。

抓举比赛结束时，他的成绩和对手佩沙洛夫、萨巴尼斯都为 137.5 公斤。

对于唐灵生来说，抓举起 137.5 公斤，实在是超水平地发挥了自己的潜能。

唐灵生的这个成绩，使韩国名将全炳宽慌了手脚，结果全炳宽遭到淘汰出局。

挺举比赛开始，佩沙洛夫两次挺举 162.5 公斤，都遭遇到失败。

接下来，萨巴尼斯先于唐灵生亮相，他踌躇满志地举起了 162.5 公斤，给唐灵生留下了一个极小转身的空间。

唐灵生出场了。他第一把就要了非常冒险的 165 公斤，这离他的最好成绩只差 2.5 公斤。在全场观众静静的注视下，他成功地把杠铃举过头顶。

佩沙洛夫则以这个重量退出了赛场。这样，场上的主要对手就是萨巴尼斯了。

萨巴尼斯此时采取了固守的策略，他试图以静制动，放弃了 165 公斤的重量，把重量直接要到 167.5 公斤。由于他体重比唐灵生轻，唐灵生必须在他之前出场。

但是，他们两人第二次试举这个重量都没有成功。接下来，对手采取守势，唐灵生就采取攻势。

唐灵生干脆不要 167.5 公斤的重量，直冲 170 公斤。这迫使萨巴尼斯在第三次试举时首先出场。

萨巴尼斯毕竟有实力，在第三次试举中稳稳地举起了 167.5 公斤的杠铃。他根本不相信唐灵生会挺举起 170 公斤，觉得自己稳操胜券。

观看比赛的数千名观众中，占二分之一的希腊人为萨巴尼斯欢呼，他也非常骄傲地绕着举重台向观众不断飞吻。

此时，唐灵生只有最后一次机会了。在比赛时间只剩下 50 秒时，唐灵生出场了。

他沉稳地下蹲，紧紧地握住杠铃，抬头看了看举重台下黑压压的观众，猛然一个发力把杠铃提起，停到了肩部。

观众鸦雀无声地观看着，站在举重台边的教练王国新，心也随着杠铃提到了嗓子眼儿。

唐灵生定了定神，大吼一声，一个弓步，把杠铃举过了头顶。虽然脚下晃了几晃，但随后就稳如泰山立在台上。

这时，刚刚还静悄无声的举重馆，突然响起了震耳欲聋的欢呼声。

唐灵生仍然稳稳地站着，甚至都没有看见表示成功的三盏白灯已经亮起。

时间一秒一秒地过去，唐灵生举着 170 公斤重的杠铃向着裁判席大吼发问："还不行吗?!"

教练王国新在观众欢呼中冲上台对唐灵生大喊："放下! 放下!"

随后，两条中国汉子紧紧地拥抱在一起，眼中同时流下激动的泪水。

在兴奋之余，唐灵生当即回敬了萨巴尼斯两个不习惯且动作也不协调的飞吻。唐灵生似乎不相信这一切来得这样快。

唐灵生在 59 公斤级的举重比赛中，不但以 307.5 公斤的总成绩夺得奥运会金牌，而且一举打破该级别总成绩的世界纪录，并成为中国运动员在奥运会上打破举重世界纪录的第一人。同时，他还创下将破纪录重量在空中托举 12 秒钟的另一项世界纪录。

唐灵生取得冠军后，一位有着中国血统的姑娘激动地冲开警察的警卫线，冲向唐灵生。

　　警察问她："他是您的丈夫，还是男朋友？"

　　姑娘回答说："不是丈夫，也不是男友，我们是同胞，是中国人！"

　　后来，唐灵生面对中外记者谈了此时此刻的感受，他说："这几乎是个梦，是我的梦想成真了。"

　　随后，他又说："我不知道用什么话形容此时的心情，非常开心拿了奥运会金牌，也算我不枉此行。"

占旭刚获得举重第一名

1996 年 7 月 24 日，第二十六届奥运会 70 公斤级决赛，在美国亚特兰大奥运会举重馆举行。

赛前训练，占旭刚与世界纪录保持者、朝鲜选手金明南被安排在一个场地。

心高气盛的金明南企图向训练中的占旭刚施加心理压力。占旭刚练到抓举 155 公斤，挺举 190 公斤，金明南就练到抓 160 公斤，挺 190 公斤，多出占旭刚 5 公斤。

教练杨汉雄和占旭刚不为所动，你练你的，我练我的，孰强孰弱，赛场上见。

杨汉雄一面帮助占旭刚热身，一面眼观六路，捕捉着金明南的细微动作。他发现金明南有时会用手去摸自己的腰，于是心中一动，正好利用这一点消除占旭刚对腰伤的顾虑。他悄悄指给占旭刚看，并示意金明南腰部也有伤。

赛前，填报第一次试举的杠铃重量，中国教练杨汉雄报的开把重量是抓举 155 公斤，挺举 190 公斤。这是他们的预定战术，即高开高冲。

开把重量，在很大程度上标志着运动员的实力、水平。开把要得奇高，等于挟带一股气势宣布：今日，决战金牌非我莫属。

　　金明南和他的教练慌了，中国对手好像此时专为拼命来的。他们的开把重量报的竟然是 155 公斤和 185 公斤，这样一来，不是还没举呢，就先输给占旭刚 5 公斤了吗？他们无暇多想，急忙把抓举的开把重量改为 160 公斤。

　　金明南和他的教练明显出了错招，这种临阵忙乱，不根据真正的实力改变重量的做法，不利于运动员在比赛中按自己的正常节奏逐步达到高峰，反而会在心理上造成想赢怕输的阴影。此时，双雄尚未真正交手，在心理上已经频频过招。

　　抓举比赛开始，占旭刚在抓举中发挥出色，155 公斤成功，160 公斤成功。

　　金明南在开把重量上两次失败，最后才勉为其难地举起了 160 公斤，算是过了这一关。他只能把决定命运的一刻交给还有一次试举机会的占旭刚。

　　第三次试举，占旭刚毫不留情，破了金明南 161 公斤的世界纪录，举起了 162.5 公斤。

　　挺举比赛开始，占旭刚不给金明南一丝喘息，开把190 公斤就成功，把金明南逼上 192.5 公斤，虽然他刚才在第二把举起了 187.5 公斤，但在 192.5 公斤前，金明南最终失败止步了。

　　此时，占旭刚已然金牌在手，但是冲天豪气一发而不可收。在最后一次试举，他准备冲击 195 公斤，打算再破对手挺举的世界纪录。

占旭刚握紧杠铃，猛然发力，杠铃翻至胸前，一个大幅度的下蹲，双腿运力，随着杠铃被举过头顶，他稳稳站起。那是一个非常漂亮的"下蹲挺"，这是一个至今为人称道的"经典动作"。

占旭刚挺举起了195公斤，同时也把总成绩纪录刷新为357.5公斤。于是两个世界新纪录诞生了。再加上挺举162.5公斤的新纪录，三项世界纪录在占旭刚的奥运会金牌上闪着异彩。

占旭刚无懈可击的"下蹲挺"技术，再次引起了技术流派的争鸣。作为技术流派，当时世界上绝大多数选手还是前后"分腿挺"。

两种技术各有利弊，我们不能因占旭刚的成功而得出"下蹲挺"技术更先进的结论，只能说这种姿势更适合于他。

"下蹲挺"的技术含量更高也是事实，杠铃上送的劲不能太小，也不能太大，占旭刚为此多次在轻重量上失手。

"下蹲挺"支撑面过窄，肩关节有一点不到位就会前功尽弃。它对一个人的力量、柔韧、协调、灵巧要求极高。

李小双个人全能摘金

1996 年 7 月 24 日，第二十六届奥运会男子体操个人全能决赛，在美国亚特兰大奥运会体育场举行。

竞技场上本来就是充满太多的坎坷，李小双也不例外，他也未能躲过失败的磨难。

李小双是中国男队一号主将，吊环规定动作失败后，没有人责怪他，他自己知道这意味着什么。

当天个人全能比赛一开始，李小双又不顺，第一项自由体操比赛，李小双只得到 9.687 分，而俄罗斯的涅莫夫在鞍马上得了 9.800 分。

后面的 5 个项目，李小双必须追回 0.113 分，才能把排位从第五名提高到第一名。

担任跳马裁判的李宁谈起李小双时说：

> 我一见到他，就想起当年我参加比赛时的往事。这样的大赛，这么多的强手，不能光讲谁有希望，比的就是谁能自己控制情绪。

直到做完前 5 项，涅莫夫仍领先 0.038 分。此时就只有决定胜负的一搏了，李小双必须在最容易失误的单杠上取得好成绩。

李小双在关键时刻尽显英雄本色，他的一套杠上动作干净利落，落地纹丝不动，裁判们亮出"9.787分"。

最终，李小双在这场强强对话中以0.049分的优势反败为胜。这一成绩使他超越了排名第一的涅莫夫。

而涅莫夫在最保险的自由体操中却没能站稳。

然而，李小双并没有因此而认定自己得了冠军，他还在注视着涅莫夫自由体操的得分，虽然自由体操不是涅莫夫的强项。

所以，李小双一直盯着自由体操场地上记分牌上的分数，结果它打出来的涅莫夫自由体操的得分是9.7分。这时，李小双知道自己是冠军了。

李小双笃定成为男子个人全能冠军的时候，看台上的中国人高喊"小双"，美国人大叫"李"。

李小双也高兴地跳了起来，很多观众不停地叫着"中国，中国""中国小双"，全场观众也都凝聚在单杠台下。

体操台上还有10来个人没出场比赛，台下已经乱成一锅粥。

数不过来的摄像机往前挤，数不过来的话筒往前拥，数不过来的记者冲过工作人员的封堵，上前将李小双和教练黄玉斌团团围住。

刚才还是那么紧张，此时突然变得那么放松，李小双带着只有金牌得主才会有的胜利微笑，向祝贺他的人招手，对关心他的人发表谈话。

他说："我觉得最可惜的是没有拿到团体赛的金牌。"

他的心中还在想着团体赛的失误。规定动作做得不好，可他的自选动作确实做得不错；团体赛完成得不好，可个人全能比赛确实很有水平。

如他自己所说："比赛总会有输有赢，这是正常的事情，但是我相信，胜利总是属于平时付出最多的人。"

赛后，教练黄玉斌说："我从来要求运动员向前看。团体赛没拿到冠军，尽管很可惜，但是目标永远在前头，只有阴影才总是留在后面。要想发挥出水平，当然必须向前看。"教练的执教之道正是李小双的成功之道。

体操全能冠军是体操运动的至高荣誉，在 1996 年亚特兰大奥运会之前，我国尚无选手获得这一荣誉。

男子体操全能金牌是中国体操史上第一块个人全能金牌，含金量很高。李小双不辱使命，勇夺这届奥运会男子体操个人全能冠军。

李小双说："团身空翻 3 周，不是每个人都能完成的，世界上可以数出来有几个人可以完成它，尤其是在奥运会上有机会把它做出来，证明中国体操队在单项上是有实力的。在平时训练中把握性达到 85% 到 90%，比赛和训练完全不一样，比赛有一种压力，并且比赛只能做一次。所以当时对于年轻的我来讲，是只有一搏了，当时凭的一个是自信，一个是年轻，才敢于用这个动作。"

如果不搏的话，就没有后来的李小双。到了比赛进

场前3分钟的时候，又有人通报说不要用这个动作，而要稳稳地去夺一块奖牌。

但是，李小双和教练觉得必须要用这个动作，一定要把这个动作用在世界上最大的比赛中，才可能看见一定的成效。

后来，李小双说："如果说我不用，可能没有机会得到这块奥运会金牌，我用了会有50%的机会，当时做完团身后空翻3周以后，尤其在上场的时候，一直记着自己动作的要领，没有受到外面一点点干扰，可能和平时自己的训练有一定的关系。比赛本身也是检验，比赛是在检验你平时的训练成果，所以当时我们决定用这个动作，一下让我们成功了。事实上这个成功来得并不是很偶然，可以说我们经过两年多的磨炼，没有这个磨炼我们是不会成功的。"

此时，亚特兰大体操台上的较量尚未告终，几天后的单项比赛，李小双要争取保持4年前在巴塞罗那奥运会取得的荣誉，还要在跳马上用当天得分最高的前手翻直体前空翻转体540度去冲击另一枚金牌。

比赛结束以后，所有教练和运动员到了亚特兰大一家西班牙餐厅去吃西餐。当他们进到餐厅的时候，正好在放李小双体操全能比赛的实况。

而且，电台专门做了一个李小双的专访，包括他的爸爸妈妈、哥哥姐姐，他的整个家庭和他的体操生涯。

李对红获运动手枪冠军

1996年7月26日，李对红站到了射击场的1号靶位前，亚特兰大第二十六届奥运会女子25米运动手枪的决赛就要打响了。

参加决赛的中国选手李对红是上届奥运会亚军。4年前的巴塞罗那奥运会，她在这个项目上输给俄罗斯的马琳娜4环。

早在来亚特兰大之前，许海峰为了能够让李对红倒过来时差，于是在他的训练计划上，7月7日到9日的内容是倒时差，那时他们还在北京。

许海峰说："我让她们白天睡觉，晚上22时以后带她们到八一射击队去玩，唱歌、打牌折腾一宿，天亮回来再睡，这样，到了亚特兰大，没费什么工夫，时差就调过来了。"

此时，在亚特兰大射击场，已经在预赛中领先第二名3环的李对红马上就要进入决赛了。中国射击队连续几天没有金牌的阴影一直纠缠着她。

休息室里只有师徒两人，许海峰明确地提出了决赛的要求：

优势已经很大，不要对自己要求过高，注

意"单发把关";

　　比赛时如果出现问题，别慌乱，要及时回头。

　　许海峰交代完要求，看着李对红轻松自信的样子，自己也松了一口气。他相信李对红。

　　决赛终于打响了。身着红色运动服的李对红动作沉稳，不慌不忙。

　　第一枪，李对红是最后一个击发的，她打出了10.1环。

　　第二枪，李对红又是最后出手，9.4环。但李对红不为所动，她知道自己仍有优势。

　　李对红加快了动作，第三枪和第四枪，9.3环、9.0环，场内一阵骚动。

　　第五枪，李对红稳定了一下，射出了9.8环。她连续4枪没有射击到10环。

　　对此，李对红不得不回头求援了。

　　然而，许海峰正抬头去看显示牌，没有注意到李对红。许海峰一点都不紧张，因为预赛排在第二的格鲁吉亚选手已经掉下去了。

　　李对红抱肩休息了一下，教练明显的轻松状态已经传递给她许多信息。这使李对红也轻松了许多。

　　第六枪，李对红射击出了10.3环。李对红又回头了。

许海峰仍然在看显示牌，李对红已经领先第二名 3 环了。

第七枪，李对红射出了 10.7 环。李对红这回对自己满意了，终于露出了笑容。她又一次回头看教练。

这次许海峰看到了，他用手比了一个"3"字，用力挥了几下。

李对红迟疑地点了点头，转过身去，准备射击。许海峰知道李对红没有明白自己的意思。

第八枪，10.3 环。李对红回头。

许海峰违规大声喊："你已经领先 3 环了！"连喊了两遍。

后来，许海峰说："规则规定，教练不能喊话，如违反，第一次警告，第二次扣除运动员两环。当时也顾不了那么多了。不过裁判没说话。"

第九枪，李对红越发轻松，她拿起螺丝刀在枪上拧了几下，然后发射，成绩是 9.7 环。

最后一枪，李对红打出了 10.3 环。

李对红终于以 687.9 环的总成绩刷新了奥运会射击女子 25 米运动手枪的纪录，并夺得了这个项目的金牌，圆了她的奥运金牌之梦。

比赛结束，五星红旗升起，李对红忍不住哭了，许海峰无声地笑了。这一对金牌师徒终于向祖国传回了胜利的佳音。

李对红一直感到自己是个非常幸运的人，因为并不

是每个运动员都有一个当过奥运会冠军的教练，也并不是每个奥运会冠军都能带出另一个奥运会冠军。

但是，这桩并不多见的事情 1996 年 7 月确实在亚特兰大发生了。4 年前的奥运会射击亚军李对红把银牌变成了金牌，而她的教练正是 12 年前的洛杉矶奥运会射击冠军许海峰。中国奥运金牌零的纪录正是由他举枪打碎的。

亚特兰大第二十六届奥运会的这块金牌，是他们两个人的共同梦想。

邓亚萍乔红双打摘金

1996 年 7 月 26 日，在亚特兰大乒乓球比赛场地，举行第二十六届乒乓球女子双打比赛。

前两天还风平浪静的乒乓赛场，当天骤起波澜。这场比赛第一局，邓亚萍和乔红这对老搭档迟迟进入不了状态，乔红光拉不敢打，邓亚萍也是只念自己的经，两人在球路方面一直很难配合起来。

而中国台北选手陈静正反手频频发力抽杀，命中率相当高。而直握拍的中国台北新秀陈秋丹，在陈静的鼓励下也拼得很凶。最终，邓亚萍和乔红以 18 比 21 输掉第一局。

第二局和第三局，虽然邓亚萍和乔红以 21 比 16、21 比 19 拿下，但她们打得仍是比较拘谨。

第四局，陈静、陈秋丹扳回一局。

关键的第五局，邓亚萍和乔红表现出了顽强的意志，在 19 比 20、20 比 21 落后之际，手不软，大胆进攻，终于以 23 比 21 取得最后胜利。

一下场，邓亚萍就被记者团团围住。她头上冒着汗，喘了半天气，才静下心来接受采访。

记者问道："第五局关键时刻，你想没想到输？"

邓亚萍说："到那个份儿上，越怕越输，我一看对方摆短，马上果断起板，幸亏打中了。"

邓亚萍还说，这场球使她清醒起来，思想上绝不能背冠军包袱，今后几天一定要以拼杀对手的精神状态上场，半决赛她将同乔红好好配合，打出自己的气势，压住对方的锐气。

最后一球刚打完，领队张燮林就赶紧跑出场外透透气，他说："我的心都快跳出来了！"

凌晨，中国乒乓球女队还在开总结会。总结刚刚打完的那场对中国台北陈静和陈秋丹的女双比赛。邓亚萍、乔红险胜，按老传统，解决问题不过夜。李富荣、张燮林都亲自到会，帮助队员分析这场有惊无险的比赛的得与失。

在思想问题上，两对双打选手都表示要放下冠军不能输球的包袱，从零开始，力拼金牌。

7 月 27 日 20 时 30 分，两场女双半决赛同时开赛，两张球台都是中韩对垒。

邓亚萍和乔红出战朴境爱和金茂校，刘伟和乔云萍与朴海晶和柳智惠交锋。

此次出征奥运会，中国乒乓女队由战功赫赫的 4 员老将组成。场上播音员介绍中国队队员时，每人名字前面都要念一大串冠军称号；而介绍到韩国年轻选手时，直报其名。

邓亚萍和乔红当天一上场，果然拼劲足，从第一局开始就敢冲敢拉，有机会就发力扣杀。

韩国新秀拼得也很凶，极少退台，一有机会就先上手猛拉猛扣。

刘伟和乔云萍那边也打得难分难解。凑巧的是，两张球台战局几乎同步发展，都是中国选手先胜一局，韩国队扳回第二局。

第三局两张球台比分均呈现犬牙交错状。关键时刻，中国队老将不手软，终于双双以 3 比 1 取得两场半决赛的胜利。

赛后，中国女队主教练陆元盛说："思想上放开了才能打出气势，我们女双拿下金银牌，开了个好头。女单比赛也要像这样去拼。奥运会上不管谁名气有多大，都不能吃过去的老本。"

我国两对乒乓球男双选手，在半决赛中双双告捷，已稳获冠亚军。

1996 年 8 月 22 日，在一场中国乒乓球选手自家相争的女子双打决赛中，邓亚萍和乔红以 3 比 1 战胜刘伟和乔云萍，成功夺取第二十六届奥运会乒乓球女子双打冠军，刘伟和乔云萍获得银牌。

伏明霞勇摘跳水双金

1996 年 7 月 27 日，亚特兰大第二十六届奥运会女子 10 米跳台的冠军争夺战，在佐治亚理工学院水上运动中心揭开帷幕。

在女子 10 米跳台的决赛中，伏明霞用自己的实力优势，征服了所有裁判和在场的观众。

决赛时，伏明霞的 5 个动作完成得非常优美，前面那个 207C 跳得十分漂亮，一下子就增加了 81.18 分，谁也追不上。这个分值，即使她不跳最后那个 407C，也能拿到铜牌。

最终，伏明霞在女子 10 米跳台凭着最后 407C 这个动作，以 521.58 分的总成绩夺得了金牌。这个分数超出第二名德国选手 40 多分。

然而，这个金牌却是伏明霞忍着病痛得来的。早在伏明霞一到亚特兰大，就患上了感冒，眼睛又得了睑腺炎。

对此，她自己说："不能随便吃药，全是靠精神力量支撑比赛。"

因此，她自我评价说："我只是正常发挥出自己的水平，没有严重失误，可跳得并不特别出色。"

从巴塞罗那到亚特兰大，伏明霞在奥运会跳台跳水比赛中已是两连冠。

赛后，伏明霞说："我想，在这个时候，不但我的家人，而且所有中国人都会为我高兴，因为我没有辜负他们，我为自己的祖国增添了荣誉。"

就连她的主要对手、34岁的美国老将克拉克也在一旁说："伏的表现很了不起，我为她，也为自己感到骄傲。"连德国选手维特都承认，没想到自己还能拿一块银牌。

走下领奖台的对手如此真心地表示对夺冠者的钦佩，这足见伏明霞是无可战胜的。

伏明霞在女子跳台跳水比赛中赢得似乎最容易。这是因为，她拥有底气、名气、运气，夺取奥运会冠军的三项重要因素她都不缺。

挂上金牌以后，伏明霞对记者说："从初次获得世界冠军到今天，我经历了非常艰苦的训练过程，和我的教练一起做出很大牺牲，才有了现在的收获。"

就算跳水运动在世界上开展得不甚普遍，就算中国是世界跳水运动强国，可连续这么长时间保持女子跳台跳水成功，伏明霞却是第一人。

当记者说起2000年奥运会上能否实现跳台跳水三连冠时，她连想都没想，便爽快地说："我的下一个目标是在3天以后的跳板跳水比赛，争取跳台跳板兼项的成功。"

7月31日22时，佐治亚州理工学院水上运动中心依然灯光通亮，中心里的 1.5 万个座位座无虚席。

早在 30 日的预赛中，队友谈舒萍意外失误，一个动作几乎白跳，夺取女子 3 米跳板跳水金牌的重任全靠伏明霞一人承担了，形势相当不妙。

伏明霞在两名俄罗斯选手和一名瑞典选手夹击之下，积分仅列第四位。

但是，她觉得问题是自己没跳好，她有三个难度系数 3.0 的动作，没什么可怕的。

为保险起见，她准备在决赛中把向前翻腾三周半屈体改成抱膝。

决赛开始后，每轮都有一个强劲的对手出现严重失误。伏明霞则步步为营，3 轮过后，竟然后来居上，遥遥领先了。

关于这一点，赛后伏明霞笑笑说："其实，当时我心里很清楚，大家都是同一水平，冠军不一定就是我的，只能一下一下地跳到最后。我不过是没有失误罢了。"

最终，伏明霞以 547.68 分的总成绩，获得了金牌。

近几十年来，没有一位女将兼得奥运会跳台和跳板双料冠军的情况，此时被中国选手伏明霞改写了。

伏明霞在女子跳板跳水决赛中后来居上，战胜俄罗斯名将拉什科和伊莲娜，勇夺金牌。

俄罗斯名将拉什科只能为铜牌而努力，伊莲娜则从预赛排名第一直落到第七去了。

在 1996 年亚特兰大奥运会上，伏明霞将自己运动生涯的辉煌推上顶峰。她一人包揽女子跳板和跳台两项冠军，以绝对优势捍卫了她在跳水项目上的统治地位，成为奥运史上首位女子跳水双料冠军，是奥运会上一道最灿烂的彩霞。

并且，她成为继高敏之后蝉联跳水冠军的第二人，捍卫了中国女子跳水的霸主地位。

回答记者的提问时，伏明霞逐个数过自己的教练，并述说着这些年从成功到失败再到成功的反反复复。

她说："我觉得自己已经不再是4年前在巴塞罗那奥运会上夺金的那个小女孩，各方面都在变，只有艰苦的训练没有变。"

她说："不错，上届奥运会后，我得到一笔奖金，但这既不会改变我的追求，也不会改变我的生活和家庭。我的父母刚才肯定在电视机旁，看着我是怎样一次次跳成功的。"

王军霞获得田径冠军

1996 年 7 月 28 日，在亚特兰大奥林匹克体育场，举行亚特兰大第二十六届奥运会女子 5000 米决赛。

晚上，王军霞与来自 12 个国家的 14 名选手一起站到了女子 5000 米决赛的起跑线上。王军霞神情自若，充满信心。

在预赛中，世界冠军、爱尔兰选手奥沙利文具有惊人的冲击能力。肯尼亚选手孔加，明明知道自己已经获得了决赛资格，但她还要显示一番，把"第一方阵"的选手甩在身后足有 100 米之远。而王军霞预赛中的成绩并不出色，仅排在第十二位。

面对这种情况，王军霞以什么样的战术进行比赛呢？对此，中国田径队早就召开了专门会议，从早晨一直开到中午。

最后确定的战术是：

以拿金牌为目标，先跟跑，根据情况往前赶，最后什么时候冲刺，权力交给王军霞自己，如果体力好，可以在 800 米冲刺两圈，如果体力不好，可以冲刺 400 米一圈。

这时，一声发令枪响，15 名运动员冲上跑道。瑞典的莎拉一马当先，被认为最有夺冠可能的爱尔兰选手奥沙利文紧跟其后，而胸佩 3154 号的王军霞只在中间偏后的位置上跟着跑。

跑过 1000 米以后，王军霞想往前移动位置，但前面的选手挡得严严实实，她只好跑到外道上。

第三圈过去，王军霞掉到了第十位，前 2400 米她仅跑出了 9 分 8 秒。

到了比赛的中间时段，孔加和另一名肯尼亚选手加快了速度。她们俩一加速，其他 10 多名选手也就慢慢拉开了距离。

这时，奥沙利文已经明显地体力不足了，落到了后面。王军霞乘势从外道加速追到领跑者孔加的身后。

孔加一看王军霞赶上来了，也把速度提高了，这个变速立刻使她和王军霞把其他选手远远地甩在身后。

5000 米的决赛，要在 400 米的跑道上跑十二圈半。当比赛进行到 4000 米时，奥沙利文退出了比赛。

当比赛还剩下 800 米时，王军霞开始冲刺，每 100 米将孔加落下有 10 米，一圈跑下来，已经把孔加落下足有 40 米远。

在距离终点大约 30 米的地方，王军霞高高地举起了双手，微笑着第一个撞开了终点线，她的成绩是 14 分 59 秒 88。

热汗涔涔、秀发飞扬的王军霞，从人海中接过一面

鲜艳的五星红旗披在身上，绕场一周，向全场的观众致意。

王军霞的这面国旗是沈忠民先生1988年留学美国时带去的。奥运会开幕后，沈忠民产生了一个强烈的愿望，王军霞如果能拿上田径金牌，一定要送她这面五星红旗，让五星红旗在奥运会会场上高高飘扬。于是当王军霞向他跑过来时，他不顾美国警察的阻拦，用力把国旗抛给了心目中的英雄王军霞。

后来，这面鲜红的五星红旗永远珍藏在了中国体育博物馆里。

此时，王军霞身披一面巨大的五星红旗，绕场向观众挥手。此情此景，使许多华人激动地流泪了，美国的观众也一反常态把他们的掌声和欢呼声送给了王军霞。

王军霞的确太激动了，也太自豪了。当她身披五星红旗向场上的观众致意时，全世界的目光在此刻凝聚在奥运会跑道上。中国人，再次让五星红旗飘扬在奥运会的上空。

记者们把王军霞团团围住，纷纷提出问题："此刻你在想什么？"

王军霞说："这一刻，我在想我代表的已经不是我自己，而是我的祖国。"

"你最高兴的是什么？"

"我荣幸地向世界说明中国是个强者。"

"听说这次你可以拿到一万美元的奖金？"

"我不知道，我知道的是我为我的国家和民族争了口气。"

"别人得了冠军都哭了，你为什么不?"

王军霞笑道:"我要留给世界一个中国人的笑。"

赛后，王军霞经过长达 6 个小时的尿检，才回到了住地。

这时，中国体育代表团副团长袁伟民仍然等在那里。他向王军霞表示祝贺，并鼓励她再接再厉。他意味深长地说:"好好休息，你的任务还没完成啊!"

王军霞获得女子 5000 米金牌后，大连市人民政府代表全市人民，向王军霞及其教练毛德镇发去电报表示祝贺，并鼓励她再接再厉，在一万米比赛中再创佳绩。

女子万米比赛结束后，举行了本次比赛唯一的一次选手与记者见面会。

教练毛德镇在会上首先说:"王军霞能恢复到目前的水平，最重要的是她思想上有了质的飞跃。以前她也算功成名就了，可她觉得有责任带动大家一起为中国的女子中长跑继续努力。"

王军霞则说，她在世锦赛等大赛上都取得过好成绩，唯独奥运会是个空白。大家都觉得她不在奥运会上搏一把太可惜了，而且对不起国家的培养，对不起全国那么多人对她的关心和鼓励。

因此，她的整个冬训都是针对奥运会进行的，与毛德镇密切配合，训练和生活都不错。

除了训练，王军霞还学习英语，并看一些喜欢的书。

随后，在 8 月 2 日，王军霞又在一万米的决赛中，仅以 0.95 秒之差，输给了葡萄牙选手弗·里贝罗，获得一枚银牌。

奥林匹克的比赛，比的不单是力量，而且更重要的是意志、毅力和智慧。王军霞用自己的信心、智慧和胆略赢得了胜利。

熊倪三米跳板夺得金牌

1996 年 7 月 29 日，在佐治亚理工学院水上运动中心，举行亚特兰大第二十六届奥运会男子 3 米跳板决赛。

比赛开始，男子 3 米跳板决赛进行了 5 轮之后，中国选手熊倪和余卓成得分居前两位。

第六轮比赛开始，事情却又出现了戏剧性的起伏，东山再起的美国老将兰茨漂亮地完成了难度系数为 3.5 的 307C 动作，获得了 92.40 的罕见高分。

对熊倪来说，获取奥运金牌是一个延续了 8 年的梦。在 1988 年汉城奥运会上，天意弄人，使 14 岁的他与金牌失之交臂，而巴塞罗那奥运会又正值他身体最不佳的时候。

其实，那块金牌早在汉城参加奥运会时，就应该属于熊倪。那是一个属于美国跳水巨星洛加尼斯的年代，14 岁的熊倪尽管受到裁判主观印象分的压制，仍初生牛犊不畏虎，拿下银牌。

后来，洛加尼斯曾十分尴尬却也有风度地告诉熊倪："金牌原该是属于你的。"

其实，洛加尼斯最后一个动作得分打出后，就有美国跳水名将米切尔、麦考米科，还有 3 名裁判走过来握住熊倪的手，从他们放慢的英语里听出："你是真正的冠军!"

那天,洛加尼斯碰到中国教练,还开口讲了一句:"很对不起。"

当时的熊倪只有 14 岁,也没有什么压力,参加奥运会根本没什么多余的想法。

也许是 8 年的期待过于沉重,平时开朗活泼的熊倪当天走上台,一直带着几分冷峻和悲壮之气。

最后一轮,只见他高高跳起,做了难度系数为 3.4 的 407C 动作,这是他最擅长的动作之一。

当他轻巧入水之后,显示牌打出了 87.72 的得分,熊倪终于以 701.46 的总成绩圆了 8 年之梦。

中国也由此打破了奥运会男子 3 米跳板金牌零的纪录。此时,全场观众热烈鼓掌,起立向熊倪致敬。

熊倪从水中出来时,煞白的脸上挂着淡淡的笑。

他的指导教练张广仁连连叹息说:"拼得太凶了,太苦了,都快虚脱了。"

后来,张广仁教练说:"熊倪的特点是基本功扎实,动作规范,虽然有些动作难度不是最高的,但完成质量和水花处理都很好。他性格顽强,近年更注意了安神静气,技术和心理更加成熟。这次比赛前,他技术和心理的调适不错,为获取金牌打好了基础。熊倪这次为中国获取了首枚男子 3 米跳板金牌,是中国跳水史上的历史性突破。"

熊倪在男子 3 米跳板跳水比赛中,以无可争议的精湛技艺赢得了观众和裁判的心，当他以 701.46 的高分登上冠军领奖台时，全场一万多人热烈鼓掌向他祝贺。

　　熊倪队友余卓成的表现也很出色，获得了这个项目的银牌，美国老将兰茨获得铜牌。

　　亚特兰大的辉煌战绩，将为熊倪的跳水生涯画上一个圆满的句号。

孔令辉刘国梁双打夺金

1996 年 7 月 29 日，亚特兰大第二十六届奥运会乒乓球男子双打半决赛揭开帷幕。

参加半决赛的中国选手有孔令辉、刘国梁、吕林和王涛。这使中国队提前稳占双打金牌。

刘国梁出生于 1976 年 1 月 10 日，籍贯河南，身高 1.68 米，右手直板快攻。6 岁开始打球，1986 年进入八一队，1991 年进国家队。

孔令辉出生于 1975 年 10 月 18 日，黑龙江人，身高 1.74 米，右手横拍快攻结合弧圈。

其实，早在小组赛中，孔令辉、刘国梁就战胜了法国队希拉和勒古，以小组第一名的身份进入第二阶段淘汰赛。

争进半决赛时，他们击败日本队的削球选手松下浩二、涩谷浩。

这时，排名世界第一的孔令辉在单打比赛中输给了韩国队金泽洙，被挡在了男单 8 强之外。这个打击没有让孔令辉失去信心，反而激励他在双打比赛中不屈不挠打出了更高的水平。

半决赛的这天晚上，中国乒乓球两对男双选手干脆利落地分别战胜韩国和德国的对手，胜利会师决赛，为中国队稳获金、银牌，锁定了最后牢固的保险。

赛前，人们没有想到这两场球会是如此地一边倒。德国的罗斯科夫和费茨纳曾获 1991 年世锦赛双打冠军。

而刘南奎和李哲承则是韩国队为备战奥运会精心组合的一对黄金搭档，前一场刚以 3 比 0 淘汰了瑞典的瓦尔德内尔和佩尔森。

面对这种局面，后来蔡振华说："为迎战这两场恶仗，中国队前一天花了 5 个小时研究对策，包括做好孔令辉的思想工作。对于他的单打失利，输给韩国金泽洙，没能进入前 8 名，大家未有丝毫责备，反而激励他放下包袱，充分发挥自己的技术特长。"

而对于吕林和王涛对罗斯科夫、费茨纳一战，蔡振华要他们重点处理好台内球，抢先起板，王涛在前台封扣，吕林在中台拉冲。

由于中国选手击球节奏快，德国两位选手总是赶不上点，发挥不出前冲弧圈球的威力，比赛中一直处于被动。

孔令辉、刘国梁这对选手，针对刘南奎、李哲承单面拉得凶的特点，尽量打两个大角，并配合多变的发球抢攻争取主动。

在比赛中，中国队的战术相当成功，取得了事半功倍的效果。

细观当时战况，王涛、吕林这对上届奥运会冠军配合默契，王涛的反手弹击和吕林的弧圈球都发挥出威力，

越打越好。

第一局仅在以19比15领先时被对手连追3分，最后以21比19获胜。

后两局，他俩一路领先，以21比17和21比7淘汰了德国的罗斯科夫和费茨纳。

孔令辉、刘国梁赢得则稍微紧张一些，他们前两局打出了气势，以21比17和21比16拿下。

第三局出现拉锯场面，双方比分交替上升，甚至到孔令辉、刘国梁以20比17领先时，又被对方连得两分。

关键时刻，孔令辉发球后，对方回了一个短球，刘国梁出其不意地将球打向对方左大角，使经验丰富的刘南奎、李哲承猝不及防，从而以21比19结束了比赛。

30日下午，乒乓球男子双打开始了。又一场让中国没有金牌旁落之忧的冠亚军争夺战，在乒乓球馆拉开战幕。

结果，孔令辉、刘国梁以3比1战胜上届奥运会冠军王涛、吕林，获得本届奥运会乒乓球男子双打金牌。

王涛、吕林此番告负，与王涛的脚伤不无关系。比赛刚刚开始，王涛就扭伤了脚踝，在场边简单包扎后，一瘸一拐地上场，第一局以8比21轻易告负。

第二局，两个老将改变战术，由王涛守在台前进行近台快攻，尽量避免过多的移动，结果以21比13扳回一局。

第三局，双方打得异常艰苦，比分交错上升。至19

比 20，孔令辉、刘国梁领先一分。在这关键时刻，王涛又因脚伤行动不便，将球挡飞，以 19 比 21 再负一局。

第四局，两名小将充分控制了场上的局面，他们抓住王涛的弱点频频打出长球，左右来回调动，以 21 比 11 拿下最后一局。

输球后的王涛和吕林表现出了大将风度。他们说："只要这枚金牌是中国队的，谁赢都是一件值得高兴的事。"

但是，吕林还是对此表示了一点遗憾。他说："这是我和王涛最后一次合作参加世界大赛，我的身体不好，很难继续留在国家队，以后再也没有得金牌的机会了。"

而首次获得奥运会冠军的孔令辉和刘国梁对这枚金牌感到有些意外。

孔令辉说："以往我们和王涛、吕林交锋互有胜负，但今天赢得这么顺利却出乎我们的意料。这枚金牌中有王涛和吕林的很大功劳，因为他们此前打败了所有能对我们构成威胁的外国选手。"

后来，刘国梁也说："其实，双打最难打的一场，还应该是这场决赛，王涛第一局打时脚有点问题，各胜一局后，第三局中局我们以 8 比 11 落后，我发了一个半出台球，王涛直接冲了一下斜线，这板球威胁很大，我想肯定这个球会丢了，没想到孔令辉打他一板回头，我认为这个球是我们最重要的一个取胜转折点。"

拿到男双冠军之后，刘国梁和孔令辉并没有一味沉

浸在胜利中。

另外，双打决赛之后一个小时，单打 8 进 4 比赛就开始了。刘国梁要跟黄文冠打。

刘国梁一上来第一局仅得 9 分就输了，刚刚拿了双打冠军，心里高兴，一时间不能全身心地投入比赛。教练就提醒他，说你刘国梁这时不能再想双打的事了。

当孔令辉和刘国梁首次将奥运会的金牌挂到胸前时，一副沉甸甸的重担也同时落到了他们肩上，一直在世界上处于领先地位的中国乒乓球男子双打项目，将由他们充当顶梁之柱。

亚特兰大奥运会后，老将吕林因为身体状况不佳宣布退役，由他和王涛组成的国际乒坛男子双打的"黄金搭档"也因此宣布解体。

孔令辉、刘国梁实际已经一跃而成为中国乒乓球男双的头号"种子"选手。

邓亚萍单打无人能敌

1996 年 7 月 30 日，第二十六届乒乓球女子单打半决赛，在亚特兰大乒乓球馆揭开战幕。

中国队邓亚萍以 3 比 1 胜队友刘伟，中国台北队的陈静直落 3 局淘汰了她的湖北老乡乔红。

陈静与乔红一战，陈静以快和凶为主，乔红中台两面弧圈球拉得好。陈静利用发球抢攻争取主动，并压乔红的两大角。乔红在对打中对球的处理有些急躁，关键的第二局未能咬住，导致了最后失利。

陈静 1988 年为中国队获得过奥运会女单冠军，邓亚萍是巴塞罗那奥运会女单冠军，新老冠军相遇，将有一场龙争虎斗。

两人的打法都是近台快攻型，两强相争勇者胜，谁能打得更凶更快、命中率高，谁就将取得最后胜利。

进入决赛的两位选手，一位是中国的邓亚萍，一位是中国台北队的陈静。

31 日下午，决赛开始，第一局和第二局，邓亚萍顺利地以大比分 2 比 0 领先。

第三局，邓亚萍打得不太放得开，结果以 20 比 22 输掉了这一局。而此时，邓亚萍老在想这一局应该 3 比 0 拿下来，思想有点集中不起来。

对方把比分拉开后，邓亚萍想："再这样下去，前面2比0白领先了，这怎么行？必须从零开始！"此后，邓亚萍的头脑开始清楚起来。

然而，顽强的陈静在后两局中奋力扳平，第四局，邓亚萍也负于陈静。

第五局，张指导提醒邓亚萍："抓住对方想赢、紧张的心理，发长球、打快攻。"

于是，邓亚萍集中思想，贯彻意图，一鼓作气，在气势上完全压倒了对手，以21比5的悬殊比分锁定胜局。最终，邓亚萍拿下了最后一局。

在邓亚萍锐不可当的气势遏制下，对手与前局相比简直判若两人。

邓亚萍在一场比意志、比球技、扣人心弦的乒乓球女单决赛中，以3比2力克中国台北队的陈静，蝉联奥运会乒乓球女单冠军。无疑，这胜利首先来自她那非凡的精神、非凡的风范。

而她的队友乔红，获得了乒乓球女单第三名。

在1996年亚特兰大奥运会上，身为国际奥委会主席的萨马兰奇亲自为获得乒乓球女单冠军的邓亚萍颁发了金牌，而他轻抚邓亚萍面颊的一幕，也成为很多人眼中的经典一幕。

而谈到自己最喜欢的乒乓球运动员，热爱乒乓球的萨翁首先想到的自然也是传奇人物邓亚萍。

对于这位身高不高但却曾取得过惊人成就的选手，

萨马兰奇这样评价道：

> 她是一个很有魅力的女士，我非常欣赏她的性格，在巴塞罗那和亚特兰大两届奥运会上我都有幸亲自为她颁奖。

赛后，一位外国记者问："听说你来之前加入了中国共产党，你为什么要入党？"

邓亚萍回答说："能加入中国共产党是我的光荣，入党更激励我打好比赛。"

一位中国台湾记者也问道："入党和拿奥运会冠军哪个重要？"

邓亚萍回答说："两个都重要。"

中国台湾记者还问："你去台湾打过球，你觉得在台湾比赛和这儿比赛有什么不一样？"

邓亚萍回答说："同样是打球，但台湾的观众更热情。"

这回答，这语气，这眼神，使我们看到这位世界冠军的全面素质。

此后，8月16日，由广东威力集团公司主办的"威力杯96奥运中华十杰"评选活动揭晓，邓亚萍被评为奥运中华十杰之一。

9月23日，从第二十六届奥运会捧金归来的乒坛名将邓亚萍，在北海市对1000多名青少年和机关干部讲演

时说：

> 我喜欢奋斗，喜欢拼搏，喜欢超越。我用自己在世界乒坛大赛搏击的体会告喻大家：成功的过程就是不断战胜艰难和超越自己的过程。只有树立远大目标而又脚踏实地，才能一步步把梦想变成现实。
>
> 一个运动员的成长，离不开人民的理解和抚育，我有责任对社会和人民给予深情的回报。

为此，她决定在北海创建邓亚萍乒乓球培训中心，将她的球艺和精神传给年轻的一代。

邓亚萍得知这里前不久遭受了强台风的袭击，慨然捐资 10 万元，以表示对北海灾民的一片爱心。

其实，在此之前，她已分别对内地灾区和希望工程各捐助了 5 万元。

1997 年后，邓亚萍先后到清华大学、英国诺丁汉大学进修学习，并获得英语专业学士学位和中国当代研究专业的硕士学位。

2002 年，邓亚萍在国际奥委会道德委员会以及运动和环境委员会两个委员会担任职务。

刘国梁单打夺得金牌

1996年7月，亚特兰大第二十六届奥运会举行乒乓球男子单打比赛。

亚特兰大奥运会乒乓球4个项目中，女单、女双和男双的战局走势，基本上在人们的预料中。唯独男单比赛冷门迭爆，总是显得结果难以预测。

男单比赛冷门多，说明当时世界乒坛男子运动员高手越来越多，水平越来越接近。

捷克的科贝尔世界排名只列第五十三位，却将前一段时间排名世界第一的比利时名将塞弗以3比0淘汰。

其实科贝尔并非乒坛新秀，早在1991年千叶世乒赛上，就是他连胜马文革、张雷，使中国男队仅列团体第七名。

这些事例说明乒乓球男子运动员此时达到同一水平线的恐怕不会少于60人。

20世纪90年代以来，全世界没有一名选手能够蝉联世乒赛、奥运会的男单冠军，也从另一方面证明了这一点。

中国男队在备战奥运会时，男子单打就列出了16名劲敌，这时看来还是列少了。

群龙争霸的状况，也显示出各国乒乓球男选手在技

术上还没有人出现大的突破，大家的本领差不多。

前几年，瓦尔德内尔处于巅峰时期，技术上稍稍高人一筹，但很快被别人赶上。

这时，谁要想脱颖而出，一是必须技术全面，二是要特长突出，二者不可或缺。

中国名将孔令辉首先在混战中被挑落下马。世界排名第一的孔令辉是在男子单打八分之一决赛中，以1比3负于韩国名将金泽洙的。孔令辉四局的比分是17比21、18比21、22比20和12比21。

从抵达亚特兰大时起，孔令辉就一直被众多传媒包围追踪。当时排名世界第一自然被认为是本届奥运会乒乓球男子单打金牌最热门人选。

奥运大赛前，孔令辉显然比刚"出道"时成熟了许多。他说："以前，我很怕瓦尔德内尔，与他两次交锋我都输了，但现在，我至少可以和他面对面地切磋一下。"

孔令辉认为，在比赛中，运气有时是很重要的，抽签后你遇到一个很难缠的对手，那就麻烦多了。

在比赛中，孔令辉果然遇上难缠的对手，结果出局。随后，孔令辉承认与金泽洙较量时打得十分保守。

另外两名中国队员则顺利过关。世锦赛亚军刘国梁以3比0战胜日本选手松下浩二；老将王涛直落三局将汉城奥运会冠军刘南奎淘汰。

这天的八分之一决赛还爆出一大冷门。上届奥运会冠军、被中国队视为"头号劲敌"的瑞典名将瓦尔德内尔被加拿大选手黄文冠以 3 比 1 击败。黄文冠为中国队扫清路上障碍，除却一大隐患。

第二天，男子单打四分之一决赛中，刘国梁和王涛将分别迎战黄文冠和白俄罗斯新秀萨姆索诺夫，金泽洙和比利时名将塞弗则将分别与德国老将罗斯科夫、捷克新秀科贝尔争半决赛权。

而中国两名男单选手王涛和刘国梁分别战胜对手，与德国老将罗斯科夫、捷克选手科贝尔一起进入半决赛。

王涛对战白俄罗斯的萨姆索诺夫是一场极为艰苦的比赛。王涛因为在下午的双打决赛中扭伤脚踝，行动仍然有些不太灵活。

比赛开始，王涛以两个 16 比 21 先负两局。在第三、第四局时，比赛馆出现意外，赛场上两次停电，时间均达 15 分钟以上，这无疑给了受伤的王涛得以喘息的大好机会。

两次来电之后，王涛均士气大振，最后终以 21 比 10、21 比 15、21 比 15 连扳 3 局。

刘国梁对加拿大的黄文冠，则是胜在"用脑打球"。黄文冠是原广东队队员，对刘国梁的打法十分熟悉，因此一开局便占尽优势，以 21 比 9 轻松拿下一局。

随后，刘国梁改变战术，尤其以变化多端的发球牵制对方，以 21 比 19、两个 21 比 16 连胜 3 局。

后来，刘国梁回忆说："我很早就来到比赛场练习，中间我没有回奥运村吃晚饭，比赛前有点饿但又不敢吃

东西，在比赛后觉得有些疲劳。黄文冠曾在咱们国家队训练过，对我也比较了解。后一场球对罗斯科夫应该不会比打黄文冠更费劲。"

7月31日晚，在男子单打半决赛中，从现场看，刘国梁的确做到了思路清醒，战术对路。当时第四局的比分一直咬得很紧。

当刘国梁以13比12领先时，他发了一个看似出台的台内球，罗斯科夫恶虎般扑上前来抢拉，球在台上跳了两下滚落在地。这一下把罗斯科夫激怒了，无论来球长短，他见球就拉。

刘国梁将计就计，连发3个不转球，对旋转判断有误的罗斯科夫接连拉球出界。

德国球迷雷鸣般的掌声和呐喊使罗斯科夫从狂躁中清醒起来。他用自己擅长的反手弧圈和弹击死盯刘国梁的反手位，将比分追成18平。

此后，只见刘国梁一个侧身搏杀重新夺回领先地位。关键时刻，罗斯科夫的神经彻底崩溃了，一个侧身攻下网，一个拉球又下网。

最终，刘国梁以21比18拿下了这位"冷面杀手"罗斯科夫。

对于这场半决赛，刘国梁说："罗斯科夫是一个非常难对付的选手，打好了就像疯子一样，常能打出让人意料不到的好球，许多人认为接不过来的球，他也能对付过来，甚至把你打死。今天的比赛中，他就打出了不少这样的球。但是我没有被他吓住，而始终坚持自己的打法，我主要是通过控制球的落点，不让他发力，让他有劲使不出来。这是我取胜的原因。"

在两场半决赛中，刘国梁和王涛分别以 3 比 1 和 3 比 0 的比分，击败了德国名将罗斯科夫和捷克的科贝尔。中国队提前确保这枚金牌收在自己的囊中。

第二天下午，刘国梁同王涛之间的金牌较量几乎是在静悄悄中进行的。虽然场上大赛的气氛不浓，但两位选手使出浑身解数，使现场观众看得眼花缭乱，紧张异常。

刘国梁的直握球拍打法曾经引起激烈争论，被许多人认为已经过时，但他同王涛的这场对决结果，再明显不过地做出了回答。

这位在 1995 年世锦赛上位居孔令辉之后的小将，终于在奥运会决赛中以 3 比 2 的成绩夺得冠军。

其实，在男单决赛开赛前，另一位直握拍选手、前世界冠军江嘉良就非常看好刘国梁，认为他很有希望夺冠军。

当最后一局的最后一球落地时，这对同是来自解放军队的选手紧紧地拥抱在一起。

此时，没有动人的话语，但他们所表现出的战友之情，却深深地打动着在场的每一个人。

赛后，刘国梁激动地说："我刚入队的时候，王涛就是一名很出色的选手了。在我小的时候，是王涛带着我打球的。我有今天的成绩，与王涛的帮助关系很大。"

王涛也接受记者采访说："没获得男单金牌，有点遗憾，但在遗憾中，我又感到欣慰和高兴。在这次奥运会的比赛中，我没有输给任何外国选手，只输给了我的年轻队友，这枚金牌最终还是被咱们中国选手获得。看到队里年轻选手步入了一个成熟的阶段，我非常高兴。"

当王涛和刘国梁这对解放军选手从领奖台上走下之后，前来观看比赛也是军人出身的国家体委主任伍绍祖握着他们的手说：

　　今天是八一建军节，我向你们表示热烈的祝贺。

1996 年亚特兰大奥运会上，刘国梁终于圆了他 1988 年立下的奥运金牌之梦，被著名教练许绍发誉为"新科状元"。

1996 年，世界乒坛可称"刘国梁年"，刮起了刘国梁旋风。中国乒坛传统的"直板快攻"打法在沉寂了 9 年之后，近年来终于被刘国梁发挥得淋漓尽致，再次让世界乒坛惊叹不已。

葛菲顾俊羽毛球夺金

1996 年 7 月 31 日上午，在亚特兰大佐治亚州州立大学体育馆里，举行第二十六届奥运会羽毛球女子双打决赛。

参加亚特兰大第二十六届奥运会的中国选手有葛菲、顾俊、唐永淑和秦艺源，还有韩国最有实力的选手吉永雅、张惠玉。

此前，葛菲、顾俊与吉永雅、张惠玉作为世界一号、二号种子分处上、下半区。

开始比赛后，葛菲、顾俊一路过关斩将，未遇风浪就挺进决赛。

而吉永雅、张惠玉在半决赛时受到中国另一对选手唐永淑、秦艺源的猛烈阻击，苦拼 3 局，直至决胜局打成 13 平加赛 5 分后，才以领先 2 分的微弱优势涉险过关，挺进决赛。

决战前夜，为了进一步摸清对手的情况，李永波、田秉毅与葛菲和顾俊一起再次反复研究吉永雅、张惠玉在半决赛时的最新录像，制订了以快速进攻打乱对手节奏的战术方案。

本届奥运会住宿最挤，一间狭小的卧室竟安排挤进 4 人。

为了让她们休息好之后打决赛，刚刚激战完半决赛的唐永淑和秦艺源没有回房休息，而是悄悄地找地方凑合睡了一晚。

终于到了决赛，葛菲和顾俊与吉永雅、张惠玉如期在决赛碰面。

时间又被安排在上午，临出门前，葛菲、顾俊抓紧时间再看了一遍对手的比赛录像。

吃早饭时，葛菲想起日本公开赛打到肚子饿的情景，特意多塞下一块牛排，好使自己有充足的能量应付持久战。

决赛开始了，当时世界最好的两对女双选手终于面对面地隔网而立。这是中国的葛菲、顾俊与韩国吉永雅、张惠玉之间的第十一次交手，也是本届奥运会的冠亚军决战。以往的 10 次狭路相逢，她们都杀得昏天黑地，虽然盘点起来中国搭档略占上风，但差不多每次交手都要斗满 3 局才能分出高下。

照此推断，第十一次的比赛，不仅依然难分难解，甚至会更加惨烈，毕竟这次对局非同以往，最后的胜者获得的将是奥运金牌。

然而，场上的情形与人们的估计大相径庭。葛菲和顾俊一亮相便咄咄逼人，带着全队的希望与重托，一上场便在气势上压倒了一贯以坚忍顽强著称的老对手，大有冠军舍我其谁的架势。而吉永雅、张惠玉则过于沉闷。

35 分钟后，两局战罢，韩国选手最后一个回球出界时，记分牌上清晰地显示着 15 比 5。

由于葛菲和顾俊战术准备精益求精，结果以两个 15 比 5 秋风扫落叶般地击败了对手。

这个比分标志着中国羽毛球队梦寐以求的奥运金牌"零的突破"，终于在亚特兰大由葛菲、顾俊完成了。

中国羽毛球在奥运会上没有金牌的历史，是由葛菲与顾俊在第二十六届的女子双打项目上首先突破的。站在领奖台上，葛菲和顾俊挂满汗水的脸上绽开了灿烂的笑容。

这一次夺取奥运会金牌时，葛菲、顾俊同是 21 岁，她们同是来自江苏，同时进省队，又同时进的国家队，在一起配对双打已有 10 余年，像她们这样合作时间如此漫长的女双搭档可以说是绝无仅有的。

奥运会的成功是葛菲和顾俊羽毛球生涯的一个重要里程碑，由此开始，年轻的葛菲和顾俊进入了事业的黄金期。

三、 载誉归来

● 中共中央政治局委员、国务委员李铁映代表中共中央、国务院，来到机场迎接体育健儿凯旋。

● 1996 年 8 月 8 日，江泽民、李鹏、乔石、李瑞环、朱镕基、刘华清、胡锦涛等党和国家领导人在北戴河，亲切会见了载誉凯旋的我国奥运体育健儿。

● 1996 年 8 月 9 日，在北京人民大会堂，中国奥运健儿参加了中共中央办公厅、国务院办公厅为他们举行的盛大欢迎大会。

李铁映前往机场迎接

1996 年 8 月 6 日 17 时 15 分，晴空万里，阳光灿烂，首都机场彩旗招展，锣鼓喧天，一片欢声笑语。在掌声和鲜花构成的喜庆氛围里，中国奥运体育代表团一行 300 多人载誉而归。

奥运健儿们步出机舱，走在最前面的是为中国夺取本届奥运会第一枚金牌的柔道选手孙福明。她的身后是李对红、李小双、熊倪、伏明霞、孔令辉、邓亚萍、唐灵生、顾俊、王义夫……

正是这些健儿们，在第二十六届奥运会上，克服种种困难，奋力拼搏，为祖国争了光，为中华民族争了气。

中共中央政治局委员、国务委员李铁映代表中共中央、国务院，来到机场迎接体育健儿凯旋。

国家体委、团中央、全国总工会、全国妇联、总参及北京市的有关领导也前来机场迎接。

首都各界代表数百人在机场欢迎奥运健儿归来。

当中国体育代表团团长伍绍祖走下舷梯时，李铁映走上前去，与他亲切握手。

随后，李铁映与运动员一一握手，向他们表示祝贺，并转达党和国家领导人及全国人民对他们的问候。

李铁映说：

你们圆满地完成了任务，为祖国争得了荣誉，你们取得的成绩令人欢欣鼓舞，这是你们顽强拼搏的结果，祖国和人民感谢你们。

随后，李铁映还会见了部分运动员。他说：

你们的成绩，体现了改革开放的中国人民的崭新精神风貌，展示了中华民族自立于世界民族之林、走向 21 世纪的宏伟气概。

最后，李铁映勉励运动员们继续发扬爱国主义精神和集体主义精神，争取再创佳绩。

中国体育代表团团长伍绍祖说：

在本届奥运会上，我国体育健儿们发扬了高度的爱国主义精神，取得了优异成绩。运动员们将继续努力，为国争光。我们已经把目光投向明天，投向 2000 年的悉尼。

此次，在亚特兰大赛场上，中国队取得了优异成绩，共获得奖牌50 枚，有 2 人 4 次创 4 项世界纪录，3 人 6 次创 6 项奥运会纪录，6 人 13 次创 12 项亚洲纪录，7 人 15 次创 12 项全国纪录。

　　虽然中国运动员的人数仅在各国代表团中居第十二位，但在规模庞大、强手如林、竞争激烈、奖牌分流和困难较多的情况下，在亚特兰大奥运会上共获得16枚金牌、22枚银牌和12枚铜牌，名列金牌榜和奖牌榜的第四位，实现了冲击第二集团首位的预定目标。

　　这证明中国竞技体育的总体水平有所提高，全面竞争能力进一步加强。

　　排在中国前面的，分别是体育大国美国、俄罗斯和德国。

　　超越德国，争取金牌和奖牌名列第三，成为中国奥运代表团未来的重任。

中央领导会见奥运健儿

1996 年 8 月 8 日，江泽民、李鹏、乔石、李瑞环、朱镕基、刘华清、胡锦涛等党和国家领导人在北戴河亲切会见了载誉凯旋的我国奥运体育健儿。

江泽民在同代表团成员座谈时，代表党中央、国务院和全国各族人民，向体育健儿表示热烈的祝贺和亲切的慰问。

江泽民说：

现在全国人民正在为实现"九五"计划和 2010 年远景目标而奋斗。各条战线都要向在奥运会为国争光的体育健儿学习，发扬爱国奉献、艰苦创业精神，把我们国家建设得更好。

在刚刚闭幕的第二十六届奥运会上，我国体育代表团不负祖国和人民的重托，在强手如林的激烈角逐中，奋勇拼搏，摘金夺银，以获奖牌 50 块的好成绩，展示了中华儿女自强不息的精神风貌和爱国主义的高尚情怀。

15 时许，当江泽民等中央领导同志走进会见厅时，中国体育代表团成员热烈鼓掌。他们身穿礼服，胸挂奖

● 载誉归来

牌，面带着胜利的微笑。

江泽民等中央领导同志走到运动员面前，同获得金牌的选手孙福明、乐靖宜、唐灵生、占旭刚、李小双、李对红、杨凌、伏明霞、王军霞、邓亚萍、熊倪、孔令辉、刘国梁、葛菲、顾俊，获得银牌的选手王义夫、张祥森和教练员代表李永波、周明、徐益明、蔡振华、毛德镇等一一握手，赞扬他们在奥运会上表现出的良好作风和取得的优异成绩。

然后，江泽民对站在前排第一名的孙福明说：

　　我们在电视上看到了你们的比赛，你们取得的好成绩使我们非常高兴。

孙福明听后，激动地说："感谢总书记的关怀。"

之后，党和国家领导人与运动员和教练员代表合影。

党和国家领导人同运动员代表会见、合影之后，江泽民等同体育健儿们一起开始了座谈。

李铁映主持了座谈会。

国家体委主任、中国体育代表团团长伍绍祖作了关于参加奥运会情况的简要汇报。

随后，运动员代表、乒乓球女子单打金牌获得者邓亚萍，体操男子个人全能金牌获得者李小双，田径女子5000米金牌和1万米银牌获得者王军霞的教练毛德镇，畅谈他们在大洋彼岸的竞技场上团结、拼搏、奋发、进

取的亲身经历和切身感受，抒发他们万众一心、为国争光的豪情壮志。

邓亚萍的一席话代表了全体运动员的共同心声。她说：

我是代表祖国、代表集体去迎接挑战的。成绩应该归功于党，归功于我们光荣的集体。

李小双在回顾夺取冠军的比赛时说：

比赛虽只有不到 4 小时，但在这短暂而又漫长的几小时里，却融入了我整个的人生。

毛德镇说：

奥运会虽已结束，但我们又开始了新的征程。我们决心不辜负中央领导和全国人民对我们的关怀和支持，为祖国争取更多、更大的荣誉。

随团参加奥运会采访的播音员宋世雄，新华社记者刘其中等，也先后在座谈会上发言。

在听取大家的发言后，江泽民说：

这届奥运会的规模是空前的，创造了许多优异的成绩。

我们的运动员发扬爱国主义、集体主义、革命英雄主义精神，恪守体育道德，团结拼搏，保持了旺盛的斗志，克服了许多意想不到的困难，夺取了一个又一个胜利，为祖国赢得了荣誉。

你们顽强拼搏的精神和良好的风貌，展现了中华民族自强不息、奋发进取的优良传统和中国人民建设祖国、振兴中华的坚定意志。

你们不愧为中国人民的好儿女。

你们重文明、讲礼貌，广交朋友，增进了中国运动员同各国运动员的友谊，增进了中国人民同世界人民的友谊。

你们不愧为传播友谊的使者。

江泽民还指出：

中国体育代表团这次取得的好成绩，凝聚了全国各族人民的爱护和支持，也同广大侨胞、留学人员的鼓励和帮助分不开，同许多外国朋友的关心分不开……

这届奥运会是对我国体育运动水平和体育工作的一次检阅。

我们既要看到成绩，也要看到差距和不足。

希望体育战线上的同志们认真总结经验，努力改进工作，在今后的各项赛事中取得更大成绩，为人民再立新功。

江泽民的讲话不断激起全场阵阵热烈掌声。

大会堂举行欢迎大会

1996年8月9日，在北京人民大会堂，中国奥运健儿们参加了中共中央办公厅、国务院办公厅为他们举行的盛大欢迎大会。

拂去了满身的风尘，远离了亚特兰大的赛场烽烟，精神抖擞的中国奥运健儿们，兴高采烈地步入了人民大会堂。

人民大会堂响起了雄壮的中华人民共和国国歌，这昂扬、雄壮的旋律，曾经寄托了全国人民的殷切期盼，凝聚了中国体育健儿的为国争光之情。

欢迎大会由国务院副秘书长徐志坚主持。出席大会的有王光英、霍英东、万国权、于永波以及有关部委的负责人。

李铁映代表党中央、国务院向中国体育代表团全体成员表示热烈的祝贺和亲切的慰问。

李铁映希望运动员们认真总结经验，做出科学的计划，再接再厉，为体育事业作出新的贡献，为祖国争取更大的光荣。

李铁映说：

在第二十六届奥运会上，中国体育代表团

不负全国人民的期望和重托，取得了 16 枚金牌、22 枚银牌、12 枚铜牌的好成绩，列参赛国家和地区的第四位，出色地实现了在本届奥运会上为国争光的计划。

…………

现代体育运动不仅仅是技术、体能的较量，还是意志、毅力、心理、品德和作风的较量。我国运动员能在这次规格最高、竞争最激烈的国际体育竞赛中取得优异成绩，集中体现了我国运动员勇猛顽强、无所畏惧、拼搏进取、迎难而上、敢于战斗、敢于胜利的优秀品质和英雄气概。

你们的表现，体现了我国各族人民为实现社会主义现代化建设而努力奋斗的信心和决心，扩大了我国在世界上的影响，起到了鼓舞士气、凝聚人心、振奋精神的作用，为我国社会主义精神文明建设作出了突出贡献。

最后，李铁映说：

江泽民同志在接见中国体育代表团时号召：各条战线都要向在奥运会为国争光的体育健儿学习，发扬爱国奉献、艰苦创业精神，把我们国家建设得更好。这既是对体育战线同志们的鼓励，也是对全国人民的期望。

让我们在以江泽民同志为核心的党中央领导下，以邓小平同志建设有中国特色社会主义理论为指导，坚持党的基本路线，和全国人民一道共同努力，为实现"九五"计划和2010年远景目标而奋斗。

国家体委主任伍绍祖也在欢迎会上讲话，他说：

在这次奥运会上，中国体育代表团取得了较好成绩，实现了运动成绩和精神文明的双丰收，完成了预定目标。这些成绩的取得，来自党中央、国务院的正确领导，来自全国人民、海外同胞和华人的大力支持，来自改革开放的大好形势，来自参赛运动员、教练员、工作人员的辛勤努力。荣誉属于祖国，功劳属于人民。

通过这届奥运会，我们要认真总结经验，找出不足，吸取教训，认真学习国外的先进技术和方法，学习全国各条战线的好经验，戒骄戒躁，再接再厉，及时调整队伍，抓紧训练，在大力发展群众体育的基础上，努力提高竞技体育的水平，争取在今后的大赛中取得更好的成绩。

运动员代表伏明霞说：

最让我们感到高兴的，是我们作为中华人民共和国的代表，没有辜负自己肩负的重任，没有辜负胸前的国徽。我们取得了成绩，我们让全世界看到了改革开放后新中国人民的风貌。

亚特兰大奥运会已经成为过去，16 枚金牌已经成为历史。一切又将从零开始，在我们面前，还会有很多很多次的拼搏；在我们面前，还有2000 年的悉尼奥运会。

从二十六届奥运会圣火熄灭的那一刻起，我们就已经踏上了新的征程。请全国人民相信，无论什么时候，我们都会努力拼搏，为祖国争取更大的荣誉。

教练员代表杨汉雄在发言中说：

通过参加本届奥运会，我们全体教练员产生了一个共同的认识，要带出一支过硬的运动员队伍，必须永葆开拓进取的精神，注重提高科学素质，坚持"严"字当头，培养运动员不畏强手、敢打必胜、勇往直前的拼搏精神。

最后，出席当天大会的党和国家领导人，为获得奖

111

牌的运动员们颁发了体育运动荣誉奖章及体育运动一级奖章。

　　欢迎大会后，举行了《壮哉！中华健儿》的大型文艺晚会。运动员们兴致勃勃地与文艺工作者们同台演出，歌声、掌声、笑声充满了人民大会堂。

发生在奥运期间的故事

1996 年 7 月，射击比赛前一天，王义夫曾两次昏厥。当领队问他能不能参加比赛时，他坚定地说："我死也要死在靶台上。"

其实，我国射击运动员王义夫，在来亚特兰大之前就病魔缠身，他是坐着轮椅被抬上飞机的。

第二天，是气手枪项目的决赛。王义夫不仅参加了比赛，而且在打最后一枪之前还领先第二名 3.8 环，冠军已是遥遥在望了。

然而，就在他准备打最后一枪时，比赛场上突然停电，在王义夫支撑病体再次站到靶台前时，他眼前已是一片漆黑。

但就是这样，他硬是凭直觉打了 6.5 环，打完后便昏了过去。

最后，王义夫仅以 0.1 环之差屈居第二。他的这种忘我的拼搏精神，受到了国内外人们的高度赞扬和敬佩。

队医当时也查不出什么毛病。王义夫的妻子张秋萍的心一直悬在半空中。

王义夫的倒下也影响了张秋萍的成绩，尽管预赛时得了第一名，但在射击这一项目的决赛时，由于心里牵挂丈夫，加上睡眠不好，精神无法集中，最终发挥失常，只取得了第四名。

早在奥运会开赛第一天，中国的女子柔道选手孙福明和中国男子举重选手唐灵生，便夺得两枚金牌，创下开门红的战绩。

巴塞罗那奥运会女子跳台跳水冠军伏明霞，在亚特兰大再夺金牌，成为奥运史上首位蝉联女子跳台跳水冠军的运动员。

在亚特兰大参赛的中国队，新人非常多。首次参加奥运会的小将孔令辉和刘国梁，在乒乓球男子双打决赛中，击败老将王涛、吕林荣登冠军宝座。

同样，第一次参加奥运会的小将杨凌，打破了中国男子射击选手无金牌入账的僵局。

在本届奥运会的赛场上，中国举重小将占旭刚以自己的神力连破三项世界纪录，显示了中国人"力拔山兮气盖世"的精神面貌。

体操选手李小双在赛场上，战胜了俄罗斯名将涅莫夫，摘走了男子个人全能金牌。

中国田径队的王军霞，赢得了女子5000米的金牌和1万米的银牌。

在这届精英荟萃、争夺异常激烈的奥运会上，中国运动员表现出了精湛的技艺和顽强的作风。

在这次奥运会上，除了运动员努力奋战的事迹和取得的战绩外，在亚特兰大期间的生活也很值得一提。

1996年7月20日凌晨，中国队在奥运村所住的那栋

楼突然响起警报声。

楼内一阵喧哗声后，就有工作人员挨门叫中国队员们下楼避警。

对此，柔道队员孙福明后来在接受记者采访时说："那天正好是 19 号吧？ 19 号是开幕式，第二天有我的比赛，那个时候也小，人家都说英语，咱们也听不明白。后来开始叫，叫完之后，我们不下来都不行了。那个电梯不能用，我们都从安全出口出去的，因为是火警嘛。下来以后在底下站了一个小时，而且参加开幕式的那些人都回来了。后来有人说警报解除了，没有什么问题了，我们就又上楼睡觉，当时也没觉得影响我比赛什么的。反正那个时候我挺困的，上楼到床上我就马上又睡着了。第二天也起得挺早的，什么衣服啊，领奖服啊都准备好了，也没想太多。"

后来，乐靖宜也回忆起这段经历时说：

我们住的那栋楼，我不知道是什么原因，它经常会响起警报声，当我在亚特兰大第一天比赛的前一天晚上，半夜两三点钟的时候，就是突然之间警报就响了，其实当时我本来就是睡觉睡得不好，我当时已经就很不容易睡着了。

警报一响，因为它的声音很大，就是在每个房间角落都会听得很清楚，然后我就醒过来了，但是我没有下楼。因为我觉得在这之前也发生过同样的情况。一直等到有人敲门，跟我们讲，着火了着火了，赶快逃命吧。

然后，我才迷迷糊糊起床。我穿着拖鞋，本来还想去坐电梯，结果电梯也不能坐了，就走楼梯。

那个时候操场上已经很多人了，正好我的教练也在场，因为他刚刚参加完开幕式。

他问我："唉，你怎么下来了？"

我说："有人说着火了，我就下来啦。"

他说："谁叫你下来啦，你赶快回去睡觉。"

那个时候我也看到单莺，她背个包，好像要去比赛，每个运动员遇到一些事情做出的反应会不同，她可能很急躁，大概是因为睡不好觉。对运动员来讲，睡觉是很重要的，有充分的睡眠才有足够的体力嘛。

然后，我就回到房间去睡觉了。第二天我起床的时候，我觉得晚上的那些影响对我来说不是很大，我早上 6 时 30 分起床，然后做操，因为我想在我刚刚起床的时候做一做操，让自己身体的各个部分能够活动起来。

然后，蹲在地上做一个拉长的动作的时候，我还看到一只红蜘蛛。当时我心里就很高兴，这好像就是好兆头。

中国队员就这样莫名其妙地在美国亚特兰大遭遇到火警，不过还好，运动员们并没有因此而影响到第二天的比赛。

可谁知道，一波未平一波又起。

一天凌晨，中国乒乓球女队还在开总结会，总结刚刚打完的那场对中国台北陈静和陈秋丹的女双比赛。邓亚萍、乔红险胜，按老传统，解决问题不过夜。

李富荣、张燮林都亲自到会帮助队员分析这场有惊无险比赛的得与失。

突然，一声轰鸣，反应灵敏的邓亚萍望望窗外，告诉同伴："打雷了，要下雨了！"

7分钟后走廊里便有人在传递信息："奥林匹克公园发生爆炸事件，快看电视！"原来，刚刚听到的"打雷"声，就是离奥运村不远的奥林匹克公园发生的炸弹爆炸。会议没有因此而中断，继续进行。

当总结完毕，人们都赶到过道里仅有的电视机旁，这时已有不少运动员围在那儿观看新闻。

人们只见电视画面中一片混乱，人群惊慌失措，颇有点恐怖感。但电视机前的运动员们处乱不惊，没看一会儿，都自觉地回房间睡觉了，因为第二天还要早起赶比赛。

团队领导这一夜可没睡好，大家深知此刻祖国和亲人们一定正在为代表团的安全而担心，所以立即与人民日报、新华社、中央电视台联系，请他们速发消息告诉

117

祖国人民，运动员和代表团全体成员都安全地在自己的住地休息，并与北京联系请国家体委立即向运动员亲属报平安。

清晨，伍绍祖主任就赶到村里，召开紧急会议，提出三点要求：

1. 全体领队分兵把口，加强管理，注意安全；2. 处乱不惊，不受干扰，继续参赛，全力以赴夺取好成绩；3. 严明纪律，统一行动，采取预防措施，加强自我安全保卫。

此后，在经过这两件事后，似乎奥运会变得安静了一些，运动员们并没因这些事件而影响比赛，这是值得庆幸的事情。

本书主要参考资料

《从雅典到北京：奥运风云录》刘晓非著 清华大学
    出版社

《奥运会上的中国冠军》吴重远主编 新蕾出版社

《情系祖国》国家体育总局宣传司编 人民体育出
    版社

《中国奥运巅峰时刻》马国力主编 现代出版社

《百年奥运会——从雅典到亚特兰大》叶志明 郑典
    群 李嵘等编著 少年儿童出版社